恋人の秘密探ってみました

〜フェロモン探偵またもや受難の日々〜

丸木文華

white heart

講談社X文庫

目次

『フェロモン探偵』
★二人の出会いは……？ シリーズ
記憶喪失だった男を「雪也」と名付け、助手にした映。妙なコンビで事件にあたるが、トラブルメーカーの映が大ピンチに！　なんとか救出されたものの、雪也に五千万円の借りができてしまい、返済のために体でご奉仕するはめに……!?
夏《なつ》川《かわ》映《あきら》
28歳。夏川探偵事務所所長。
普段は和服。年齢不詳の妖しい美貌。
日本画家の父、旧華族で琴の家元の
母という由緒ある家に生まれる。
美少年が好きで、自分は「タチ」だ
と公言している。

如月《きさらぎ》雪也《ゆきや》
34歳。夏川探偵事務所助手。
本名は白松龍一《じらまつりゅういち》。
実家は関東広域系ヤクザ白松組。
家業は継がず、自分で会社を興している。
本来はゲイではなかったが、映とは体の関係。
夏川《なつかわ》拓也《たくや》
映の兄。
雪也とは大学時代からの友人。
白松《しらまつ》龍二《りゅうじ》
雪也の双子の弟。白松組若頭。

イラストレーション／相葉《あいば》キョウコ

恋人の秘密探ってみました

～フェロモン探偵またもや受難の日々～

トラウマの帰国

誰にでも秘密はある。

それはほんの些細《ささい》な嘘《うそ》だったり隠し事だったり、あるいは誰にも知られずに自分の胸ひとつに閉じ込めて墓場まで持っていく覚悟の大きな秘め事だったりする。

誰にも言えないことがあるという状況は辛いものだ。誰かに喋《しゃべ》ってしまえれば心が軽くなるとわかっていても、それができないから秘密と言うのであって、その数が増えれば増えるほど、手足にぶら下がる重しは重さを増してゆく。

夏川《なつかわ》映《あきら》には昔からの秘密があった。それは恐らく自分と相手の二人きりしか知らぬことで、自然と誰にも話してはいけないことなのだと理解していた。

何しろ映は家庭環境が豪華過ぎる。日本の画壇を代表する日本画家の父と、華族の血を引く琴の大きな流派の家元の母。映自身も数々の絵画の賞を総嘗《そうな》めにした若き天才としてもてはやされ、その琴の腕も稀《まれ》に見るものである。

こんな偉大な両親と自《みずか》らの大き過ぎる肩書では、ちょっとした瑕《きず》が派手なスキャンダルになることはわかっていたし、我が子を優秀な跡取りとして疑わない親の温かな愛情もまた、映の秘密の後ろ暗さを色濃くさせていた。

だから映は家を出た。すべてを捨てて身ひとつで生きようと決めた。秘密は家族のための秘密であり、その結果生じた変化はもう周りの人々に認知されていることだ。だから、家の外で生きることは心地よかった。ここには秘密がない。自由に生きられる。

そう、あの雪の日、事務所の前で奇妙な男を拾うまでは。

「映さん、最近元気がないですね」

雪也《ゆきや》は「秋の新茶だそうですよ」と緑茶の入った湯呑《ゆの》みを差し出しながら、気遣わしげに映の顔色を窺《うかが》う。この番犬はいつでも映の状態に目を光らせていて、少しの変化も見逃さない。

今日も今日とて閑古鳥の鳴く夏川探偵事務所には、所長である映と、その助手という立場として如月《きさらぎ》雪也の二人がぐうたらと過ごしている。

雪也は映がこの男を拾ったときにつけた名前だ。本名は白松龍一《しらまつりゅういち》といい、実家は泣く子も黙る関東広域系の白松組である。そんなこととは露知らず、ただ面白そうだからと事務所の前で気絶していた雪也を懐《ふところ》に招き入れてしまい、それからは元々トラブル体質だったものが更に目も当てられない波乱に満ちた日々へと変化してしまった。

そしてそれ以上に、この男の独占欲と執着ぶりに自由が少しもなくなってしまい、家を飛び出してこれまで自由を謳歌《おうか》していた映は窒息しそうだ。

もっとも、雪也自身がヤクザの跡継ぎというわけではない。そちらは双子の弟の龍二《りゅうじ》に任せ、自分はまったく別の仕事をしている。そのため、こうして何もやることがないときには、常に持ち歩いているラップトップでデータをチェックしたりメールを送ったりと色々と忙しくしているのだ。とはいえ三十代半ばにして学生時代に自ら立ち上げた会社の経営はほとんど部下に任せ、自分は株の配当で悠々自適な隠居暮らしの中、新しい事業などに手を出しているのだからいいご身分である。

それに比べて映はオヤジよろしく新聞や週刊誌を広げて記事を読みつつ、広く浅く世間の情報収集をしているだけだ。けれど、雪也は近頃の映が、読んでいるポーズを取っているだけで、実際頭の中は別のことを考えているのに気がついている。その恐るべき観察眼に内心怯《おび》えつつ、映は何でもない顔をしてみせる。

「元気ない？　別にそんなことねえけど。まあ、鎌倉《かまくら》で色々あったじゃん。あんなヘビーな事件初めてだったし、アニキのことで疲れちまったのかもな」

「確かに……この夏はちょっと忙しかったですからね」

咄嗟《とっさ》についこの前取りかかった事件で誤魔化《ごまか》してみたが、雪也は意外にも同意する。実際、調査中に殺人が起きたことは今までになかったことで、これまでの事件と比べてもかなり複雑な一件だったので、消耗したことは確かなのだ。

しかし、映の心を乱しているのは、決して夏の依頼のせいではなかった。解決した後に兄の拓也《たくや》からもたらされたとある情報が、映の心の根底にある、長年閉じ込めてきた感情を揺すぶっているのである。

「でも夏川の公認も貰《もら》えたし、結果的にはよかったじゃないですか」

「俺はアニキと関わるだけで疲れるんだよ……何かちょくちょく事務所まで来るようになっちまったし」

「連れ戻されないだけマシでしょう。事件を解決すれば探偵業を認めてやると約束していたとは言え、俺はそのことの方が意外でしたけどね」

噂《うわさ》をすれば影、とはよく言ったもので、タイミングよく表の階段を上ってくる足音が聞こえる。すでにそのテンポや左右の足並みの具合で、兄だとわかるほどになってしまった自分の耳が恨めしい。

すぐに入り口のドアがノックされ、返事をする前に勝手に拓也はズカズカと中へ乗り込んでくる。

「映！　元気だったか！」

腹が立つほどハキハキとした声に満面の笑み。母親似の自分とはまったく似ていない父親似の兄の顔を眺めて映はこれみよがしにため息をつく。

「久しぶりに会うみたいな台詞《せりふ》やめろよ。二日前にも来たくせに」

「一日も間が空いたんだぞ！　久しぶりに決まってるだろう！　本当なら毎朝毎晩、可能なら四六時中お前の顔を眺めて暮らしていたいっていうのに……」

入ってきて数分で、まるで数時間も喋り倒したような疲労が背中にずっしりとのしかかる。映の反応など構わずに、兄は愛《いと》しい弟の顔が見られた喜びで表情は生き生きと輝き、清々《すがすが》しく笑い声を上げながら堂々と給湯室へ入り、勝手知ったる様子で自分の飲み物を作り始める。

雪也はすでに友人を日常の一部として受け入れたように慣れた顔で、何事もなかったかのように映との会話を続けている。

「まあ、鎌倉の件もわかりますが、それにしてもひと月以上様子がおかしいのはさすがに気になりますよ。何か気にかかってることでもあるんですか？」

「いや、だから何でもないって。雪也は色々と気にし過ぎなんだよ」

苦笑してみせるものの、雪也がそれで納得した様子は微塵《みじん》もない。

「おい、龍一！　アールグレイの葉っぱ切れてんのか？」と拓也の声が投げられるのを、「ああ、上の戸棚に買い置きがある」と返し、番犬は引き続き警察の尋問のように執拗《しつよう》に映を問い詰める。まさしくヤクザの追い込みである。

「俺だってしばらくは様子を見ようと思っていたんですよ。事件のせいで落ち着きがなくなっているのならそのうち普通に戻るはずですからね。でも映さんはまるで変わらない。

それどころか徐々に妙なところが増えています」

「な、何なんだよ、妙なところって……」

「最たるものは、美少年を追いかけなくなったことですよ」

さすがに拓也がいるので声を落としたが、その口調ははっきりと確信を帯びている。

「あれだけ隙《すき》さえあれば美少年を欲しがっていたあなたが、美少年のびの字も口にしなくなった。これは明らかにおかし過ぎます。あり得ません」

「あ、あんたなあ……俺を何だと思ってるんだよ」

「淫乱《いんらん》ビッチのくせに自分を男役だと言い張り盛りのついた猫並みに年下の男の子を漁《あさ》るしょうもない探偵もどきですが」

「もどきじゃない！　探偵だ！　れっきとした！」

さすがにムッとしてツッコミを入れるものの、思わぬところを指摘してきた雪也の正確な観察眼に内心舌を巻く。

確かに、今は美少年どころではなかった。美少年もそうだが、雪也との行為ですらあまり気が進まない。そんなことを言って我慢してくれるような相手でもないのでこれまで通りにその無尽蔵の精力に泣かされてはいるが、情事にも心がついていっていないのを見抜かれているのだろう。

「あ、そうそう、映。お前、今度の土曜日空いてるか？」

紅茶を入れたマグカップを持って戻ってきた拓也は応接用のソファに腰を下ろし、「土曜だったよなあ」と確認するために鞄《かばん》から手帳を取り出して捲《めく》っている。

「うん、確か大丈夫だけど……土曜日、どっか行くの？」

「前に話しただろ。あいつ帰ってくるって」

兄のそのひと言が、映の心を刺し貫く。

拓也が「あいつ」と呼んだだけで誰のことなのかはっきりとわかる。何しろ、夏からずっとそのことばかりに心を捕らわれていたのだ。ついに来たか、と身構え、同時に今すぐにでも逃げ出したくなるほどの嵐《あらし》のような衝撃をおくびにも出さず、映はわからないという顔で首を傾《かし》げてみせた。

「あいつって、誰だよ」

「おいおい、もう忘れちまったのか？」と笑いつつ、「まあ、随分前の話だもんなあ、映が家庭教師してもらってたのなんて」と、懐かしげに目を細めている。

「蒼井秀一《あおいしゅういち》だよ。週に何度かうちに来て勉強を教えてもらっていただろう」

「ああ……蒼井さんか。そう言えばアニキ、夏にそんなようなこと言ってたな」

「何の話だ。誰が帰ってくるって？」

事情を知らない雪也は怪訝《けげん》な表情で兄弟のやり取りを聞いている。

「俺の高校の同級生。昔、映の家庭教師をしてもらってたんだ。頭いい奴《やつ》でさ、化学研究者ってやつで、アメリカの大学の研究室にいたんだけど、この秋こっちに戻ってくるんだ」

「へえ。日本の大学の研究室に入るってことか」

「俺もそういう分野のことはよくわかんないんだけど、こっちの大学の准教授の椅子《いす》が空いたんだと。向こうは完全な実力主義で成果を出さないと次の年の研究費も貰えないみたいだけど、日本だとまた色々違うんだろうな」

「俺たちの年齢で准教授か。それはかなり早い出世なんじゃないのか」

「多分な。俺も色々話聞きたいから、今度蒼井に会うことになってるんだ。それが土曜日。映も久しぶりに会いたいだろ？」

水を向けられて、咄嗟にどんな表情を作ればいいのかわからず、映は俯《うつむ》いて考え込むふりをする。

「うーん。っていってもさぁ、本当に昔だし、正直今更会ってもな、って感じなんだけど」

「え、そうなのか？　あんなに懐いてたのに」

「だって、たったの一年半くらいじゃん。正直もう顔も曖昧《あいまい》だよ」

真っ赤な嘘だ。何も見なくても完璧《かんぺき》な似顔絵を描けるくらいに、あの男の顔は脳裏《のうり》に刻み込まれている。

誰よりも強く。誰よりも深く。それは呪《のろ》いと言っても、少しも大げさではない。

「アニキと久しぶりに会うんだろ？　俺なんかあっちだって覚えてないだろうし、同級生二人で楽しめばいいじゃん」

「お前のような天使を忘れるわけがないだろう⁉」

いきなり大声を出されて飛び上がる。昔からそうなのだが、この兄の特殊な視界には一体何が映っているのか気にはなるが知りたくない。

「天使って……そういうこと言うのアニキだけだから……。と、とにかく、今回は俺は遠慮するよ。また今度な」

「うーん、そうか……まあ、日本には帰ってきてるわけだし、会おうと思えばいつだって会えるしな」

拓也のあっさりと引き下がりそうな気配に安堵《あんど》していると、おもむろに雪也が口を挟む。

「映さん。せっかくなんだから行けばいいじゃないですか」

「え……」

突然、流れが変わってしまう。余計なことを言い出す雪也に、（何言い出すんだ、馬鹿《ばか》！）と叫びたいのをこらえ、映は動揺をひた隠しにするので必死だ。

「な、何だよいきなり。だって、ろくに覚えてないのに」

「化学研究者の知り合いなんて、さすがの映さんでもいないでしょう？　探偵やってるんですから、人脈を広げるのに越したことはないじゃないですか」

「そうだぞ、映。もしかしたら、あいつ繋《つな》がりで新しい依頼も来るかもしれない。いい機会だから、一回くらい会っておけよ」

状況はガラリと変わってしまった。この雰囲気になってしまえば、それでも断るというのは却《かえ》って妙に思われてしまうだろう。そう考えると、ここは承諾するしか道はないのだろうか。

映はパニックに陥りかけながら、懸命に心を落ち着かせようと試みる。

（そう、一度だけ。一度だけだ。それなら、何も変わらない。おかしくならない。俺が、普通の、同級生の弟を演じていればいいだけだ）

蒼井秀一も、決して露見して都合のいいことではないのだから、自ら明かすという事態はあり得ない。そう考えれば、どちらも平静を装《よそお》っていれば済む話で、それほど難しく考えることはないのかもしれなかった。

ものの数秒で頭を回転させてそう結論づけ、映は重い口を開いた。

「うーん、まあ、そうだな。アニキがそう言うなら、会ってみようかな」

「そうそう。きっと蒼井も会いたがってると思うぞ。それじゃ、あいつに確認して……」

「なあ、夏川。俺も一緒に行っていいか」

一瞬、雪也が何を言い出したのか理解できなかった。

「今度の土曜日なら俺も空いてる。ついていっちゃ悪いかな」

相次いで恐ろしい言葉を投げてくる雪也に、映は絶句する。拓也も驚いた顔をして友人の顔をふしぎそうに眺めた。

「龍一もか？　俺は別に構わないけど、何で来てみたいんだ」

「お前の高校時代の話に興味がある。あと、アメリカの話も聞きたいしな」

「お前の事業の参考にはならないと思うけどなあ。まあ一応蒼井にも確認してみるよ。人見知りしない奴だし大丈夫だとは思うけど、お前ちょっと威圧感あるから」

「おいおい、アメリカなんて俺よりガタイいいの腐るほどいるだろ」

それもそうか、と呑気《のんき》に笑っている兄の顔を、映は秘《ひそ》かに恨めしげに眺める。

(何でよりによって雪也まで一緒に来るんだよ……絶対こいつ、何か勘づいてる。でなきゃ自分もついていくなんて言わないはずだ)

どうしてこんなに鼻が利くのか。番犬と心の中で思っていたが実物は犬以上に敏感な追跡能力を有している。何しろ匂《にお》いも何もないはずの映の心の微細な動きを、瞬時に把握してしまうのだから。

「雪也、何で来たいなんて言ったんだよ」

拓也が帰っていった後、思わずそうこぼす。

「俺が行っちゃまずいんですか？」

「まずいってことはないけど……あんた、全然関係ねえじゃん」

「そんなことありませんよ。俺は映さんの関係者ですから、映さんが過去に深い関わりがあったであろう人物を知りたいと思うのは自然なことでしょう」

堂々とよくわからない理論を披露されて困惑する。何かにつけて、雪也は映の理解の範《はん》疇《ちゅう》を超えた言動をとることが多い。

「別に……深い関わりなんか」

「ないんですか？　何も？」

はぐらかすことを許さない強い眼差《まなざ》し。これは、少しでも油断すればあっという間に追い打ちをかけられるだろう。

映は秘かに冷や汗をかいた。まったくの嘘をつけばバレる。そう直感する。

ならば、と作戦の変更を思い立つ。これはギリギリのところまで明かした方が賢明だ。嘘の中に少しの真実を混ぜれば、全体が本物のように見えてくる。

「だから……ちょっと、嫌がらせされてただけだって」

「嫌がらせ？」

予想外の言葉を聞いたというように、雪也は不審げな目つきになる。

「一体、どんな嫌がらせですか」

「大したことねえよ。トイレ行かせてもらえないとか、意地悪言われるとか、そういうの」

番犬は疑わしげな顔つきだ。その程度のことなのか、とでも言いたげに、注意深く映を観察している。

「本当ですか？」

「嘘ついたって仕方ねえだろ……アニキの友達だし、外面《そとづら》いい人だったから、誰にも言えなかった。だから、本当は会いたくないし気まずいんだ……雪也だって、そういう相手の一人や二人いるだろ」

「いるわけないでしょう。俺はその場で倍返しにしますから、俺に会いたくないという人間はいると思いますが」

「ああ、うん、そういえばそういう奴だな、あんたは」

事務机に行儀悪く脚を上げてふくらはぎを揉《も》みながら、映は読みかけの新聞に目を通しているふりをする。

「だから俺、土曜日は行くけど顔出してすぐ帰るぞ。雪也は勝手にすればいい」

「そうですか……。わかりました。俺も件《くだん》の相手の顔が見たかっただけなんで、別に長居する気はありませんが」

「ほんと、物好きだよな。別に面白いことなんて何もねえのに」

そろそろこの話題は終わりになるだろう。その安堵が、映の緊張を少しずつ解いてゆく。

隠し事をするのは不得手というわけではない。何しろずっと同じ家で暮らす家族に秘密を持っていたくらいなのだ。感情を偽るのはお手の物だし、相手を見て適切な演技をするのも苦ではない。

けれど、雪也相手ではそれが通用しない。出会った最初の頃はまだよかったが、一緒に過ごす時間が長くなるにつれて、隠し事はほとんどできないようになってしまった。

「それにしても、そんな昔から映さんをいじめる人がいたんですね」

「何だ、その言い方……」

「感じましたか？」

は？　と間の抜けた声を返してしまう。一体何を言い出すのか。

「何だそれ……どうしてここまでの話でそうなるんだよ」

「だって映さん、マゾっ気あるじゃないですか」

「ねえし！　あんたがサドなだけだろ！」

「それだけじゃないですよ。何度も抱いていればわかります」

雪也は作業していたラップトップを閉じ、おもむろに椅子から立ち上がる。大股《おおまた》でこちらへ歩み寄ってくるその威圧感にある種の予感を覚えて、映は机の上に投げ出した脚を強《こわ》張《ば》らせる。

「映さん。まだ隠していることがあるでしょう」

「ね、ねえよ別に……っていうか、大昔の話だぞ。俺だって全部覚えてるわけじゃ」

「じゃあ、俺が思い出させてあげますよ」

雪也はにっこりと微笑《ほほえ》んで、映の顎《あご》をクイと持ち上げる。

「映さんの口はなかなか強情なようなので……とりあえず、体の方に聞いてあげます」


こうなることは予想できていた。雪也が映の心情に敏感になったように、映も雪也の胸の内が気配だけでわかるレベルになっているからだ。

考えてみれば、もう一年半以上ずっと一緒に暮らしている。その間、雪也が映の側から離れたことはほとんどない。それどころか、夜は毎晩と言っていいほどひとつになっていたのだから、体も心も共有に近い状態になってしまうのは当然なのかもしれなかった。

「どうですか、映さん。喋りたくなってきましたか」

「……だから……何も、喋ること、ねえんだってばっ……」

事務机に腹ばいに押し付けられて、後ろから貫かれている。けれど浅い部分で緩慢に抜き差しをされているだけで、なかなか奥まで埋めてくれない。

「まだそんな余裕があるんですね……それなら、俺も頑張らないといけません」

「う、うう……な、何で、こんな……」

腹の底が疼《うず》いている。いつものようにずっぷりと奥の奥まで埋めて欲しい。それがわかっているから、雪也は長々と焦《じ》らしている。少しでも入れられれば、全部呑《の》み込《こ》みたくなる。最奥《さいおう》が映の最も感じる場所だと知り尽くしていて、その上で半端な快楽を与え続けているのだ。

「ねえ、映さん。事務所のドアは鍵《かぎ》が開いたままですよ。もう夕方ですが、仕事帰りに依頼をしたいとお客さんがやって来るかもしれません。その前に終わらせないと、大変なことになるんじゃないですか」

しゃあしゃあとそう言ってのける雪也を、映は涙に濡《ぬ》れた目で睨《にら》みつける。

「だからっ……これ以上隠してることなんか、ねえんだって……！　どうしろって言うんだよお」

「ただ映さんが正直になればいいだけですよ……この素直な体みたいにね」

ぐり、と腰を回されて、大きく張り出した雁首《かりくび》が前立腺《ぜんりつせん》のしこりを抉《えぐ》る。映はヒイ、と掠《かす》れた声を上げてビクビクと痙攣《けいれん》する。じんと熱い快楽が陰茎の奥にほとばしり、パタパタと先走りがリノリウムの床に落ちる。

けれど決定的な絶頂感には手が届かない。雪也の大きなものの味をすっかり覚えてしまった映は、雪也にしか届かない深い場所を思う様突き上げてもらわなければ、最高の快感を得られなくなってしまった。

（くそっ……どうして俺がこんな目に――！）

何をどうされても、映にあの秘密を明かす気はなかった。いくら雪也が今現在最も映に近い、恋人のような関係の存在だとはいえ、蒼井秀一との過去はおいそれと口にできる種類のものではない。

というよりも、実際自らの口であのことを喋るという行為を、映はひどく恐れていた。今までたった一人の胸の内に秘めていたから、時々フラッシュバックはするものの、意識の表層に頻繁に現れることもなく済んでいたのだ。それを声に出してしまえば、何が起こるのかわからなかった。

そして映は、雪也の前でこれ以上の醜態を晒《さら》すことを恐れている。今はこんなにも執着しているけれど、それも永遠ではない。何もかもを明かして裸になった映を、今まで通りに愛してくれるとは限らないのだ。

（そうだ……本気になって身を投げだすと、相手はいつも逃げていく……俺は、こいつだけは逃がすわけにいかないんだ……雪也だけは……）

内腿《うちもも》が引きつり、肌寒いほどの秋の夕暮れだというのに全身の皮膚にうっすらと汗が浮いている。机に爪《つめ》を立てながら、映は己《おのれ》の貪欲《どんよく》な体を呪い続け、ひたすら雪也の気が収まるのを待っている。

「あなたは……本当に、強情ですね」

やがて呆《あき》れたようなため息が背後に聞こえる。

「言えばすぐにでもイかせてあげるのに……どうしてそこまで言いたくないんですか」

「だから……何も、ねえんだって……」

「本当なんですか」

疑《うたぐ》り深く雪也は映の顔を覗《のぞ》き込《こ》む。だがあまりにも映が口を割らないので、初めの確信も揺らぎ始めているようだ。

「仕方ないですね……埒《らち》が明かないので、今日はこのくらいにしてあげましょう」

ようやく、満足いくまで抱いてもらえる。その期待に肌を熱くしたそのとき、雪也は無情にも腰を引いた。

「えっ……」

思わず、失望の声が漏れる。先端を含んでいた蕾《つぼみ》は咥《くわ》えるものを失ってハクハクと口を開き、くるおしい疼きに戦慄《わなな》いている。

「や、やだ……、何で……」

「だから、映さんが素直にならないお仕置きですよ」

雪也はやるせない表情でため息を落とし、映の体を起こして抱きしめる。

「マンションの部屋に戻るまで、我慢してください。俺だって辛いんですから」

辛いなら今すぐ抱けと叫びたかったが、それでは相手の思うツボである。映は唇を嚙《か》み締《し》め、ただ雪也の抱擁を受けた。今もそそり立っているものは、トイレで抜いてくるつもりなのか。

「本当は映さんの中で出したかったんですが、それは諦《あきら》めてこちらにします」

「え……、こちら、って」

怪訝に思って呟《つぶや》くと、雪也はおもむろに映を机の上に仰向《あおむ》けにし、脚を担いで太ももの間にローションを垂らし、そこへ男根をねじ込んできた。

「は……？　え、まさか、素股《すまた》……？」

「ええ。俺はイきたいんですけど、映さんにはイって欲しくないんで、こっちにします」

悪魔のような男である。映の淫乱な性を把握していなければ、こうまで追い詰めることはできない。

あまりにも残酷な仕打ちに、呆れを通り越して敬意すら覚えるほどだった。しかしそれ以上に、ぶん殴りたいという怨嗟《えんさ》の念で爆発しそうである。

（こいつ〜めちゃくちゃ性格悪いな〜!!）

雪也は機械的に映の太ももを使って処理を続けている。ぐちゃぐちゃというローションを掻《か》き混《ま》ぜる音と、熱く硬いものに内腿の柔らかな皮膚を擦《こす》られる感覚に、ひどく煽《あお》られて息が詰まる。この逞《たくま》しいもので尻《しり》を犯して欲しいのに、あえてそうせずに初めて映相手に素股などして自分だけ射精しようとする雪也に、欲求不満という名の逃れようのない煩《はん》悶《もん》が全身を駆け巡る。

けれど同時に、焦らされれば焦らされるほど、妙な悦楽を覚えてしまうのも否めない。マゾではないとはっきり言い切ったものの、こんな感覚になってしまう自分は、やはりその傾向があるのだろうか。

「俺は……あなたの苦しみを少しでも理解したいだけなのに……どうしてそう頑《かたく》ななんですか」

雪也は動きながら恨み言を呟く。

「あなたの不安を消したいんです……動揺しているのがわかるから……。別に聞き出したいだけじゃない。共有したいんです。喜びも、悲しみも……」

（雪也……）

正直、心が動きかける。映とて可能ならば雪也にすべてを打ち明けたい。そして、裸の自分を受け入れてもらいたい。

（だけど、だめだ……そんなことできない）

それ以上に、怖いのだ。拒絶されることが何よりも怖い。

これまで自分に執心してきた男たちが離れてゆく苦痛は、もう二度と味わいたくないいから。繋ぎ止める方法を、他に知らないから。

「俺は……何ともねえよ、雪也」

迷ったのは、ほんの一瞬だった。

「あんたが心配するようなことは何もない。大丈夫だから……」

その答えに、雪也は失望の目の色をして、白い腹に射精した。

＊＊＊

運命の土曜日。

映は思い悩むあまりに全力で具合が悪い。精神的なものもあるが、あれから毎日雪也にいびられ、焦らされ、その果てに死ぬほど抱かれるという行為を繰り返され、体の方も疲《ひ》労困憊《ろうこんぱい》している。

（それもこれも、全部アニキのお節介のせいだぞ……）

怒りの矛先は微妙にずれて兄の拓也へと向かう。あちらからすれば親しく見えていた同級生と弟を久しぶりに会わせてやろうというのは親切心なのだろうが、それがとんでもなく間違っているのだから悲劇が起きる。

しまいには雪也まで参加したいと言い始めるし、真実を話さない映も悪いのだが、それにしてもつくづく最悪の布陣である——と、目の前に揃《そろ》ったメンツを薄目で眺めて小さく吐息する。

　場所は池袋の居酒屋だ。久しぶりに美味《うま》い日本酒が飲みたいという蒼井の要望らしく、都内の店ならそこそこ知っている拓也がチョイスした、駅から徒歩五分程度の地下の店である。店内はさほど広いというわけではなく、入れるのはせいぜい五十人程度だろうか。カウンターとテーブル席、座敷《ざしき》席があり、土曜日の夜という最も余裕をもって楽しめる時間に、酒好きの男女が楽しげに百を超える銘柄の中から今夜の相棒を選んでいる。

　映たちは奥の座敷席で拓也と蒼井、雪也と映の並びでテーブルを囲んでいた。映たちが時間通りに店に到着したとき、すでに二人は座っていて、映が店に入ってきた気配に気づいて入り口の方を振り向いた。

　因縁《いんねん》の再会は呆気《あっけ》なかった。映はそこに以前とほとんど変わらぬ蒼井秀一を認め、蒼井も映を視界に映した。何か予想外のことが起きるでもなく、どちらかが過剰な反応を示すでもなく、ただお互い懐かしい知人に会ったというだけの顔をして、軽く会釈《えしゃく》をした。

「いやあ、それにしても久しぶりのはずなのに、お前全然変わってないなあ、秀一」

　拓也は嬉《うれ》しそうに同級生の顔を見て、懐かしげに目を細める。

　確かに、映の目から見ても、蒼井秀一は十代の頃とさほど変わっていないように見えた。映ほどではないが童顔で、今や背丈は同じくらい。銀縁のメガネをかけたこれといって特徴のない大人しい顔立ちは善良そうで、優しげで――。

「そうかな。僕からすると、拓也も映君も、昔のまんまだよ」

映君。そうだ、そう呼ばれていたんだった。

はっきりと覚えているはずなのに、かつてよく聞いていた少し高めの細い声でそう呼ばれると、今ようやく思い出したようにハッとする。

蒼井は映からちらとその隣にいる雪也に視線を移し、やや戸惑った様子で拓也を見る。

「それで、その……彼は？」

「あ、すまん。紹介まだだったな」

うっかりしてた、と照れ笑いをして、拓也は雪也がこの場にいる説明を始める。

「俺の大学の同期、白松龍一だ。今映の仕事を手伝ってくれてて、今回も俺たちが昔どんなだったか知りたいとか言ってついてきたんだよ」

「初めまして。白松です」

雪也は外向けの営業スマイルを浮かべ、折り目正しく頭を下げる。蒼井も同じようにしながら、まじまじとその顔を見つめて目を輝かせた。

「すごい、かっこいいなあ。俳優さんかと思いましたよ」

「まさか、そんな。お上手ですね」

「拓也と同期ってことは、もちろん僕とも同い年なんですよね。何だか、全然そんな風に見えない。すごく落ち着いてるし」

「そうだろ。でも当然だよ。こいつ、学生時代にさっさと会社作っちまってさ。今じゃ億万長者なんだから」

「おいおい、それは言いすぎだ、夏川」

「そうなんですか、すごい！　僕なんて全然……研究者なんていつでも貧乏ですよ。同い年で実業家で成功してるだなんて、憧《あこが》れるなあ」

蒼井は率直に雪也を褒《ほ》め称《たた》える。雪也と呼び慣れている映にとって、この相棒が龍一だの白松だの呼ばれているのは違和感があり、妙に居心地が悪い。もちろん、そう感じる原因の大半は別のことなのだが。

「あ、でもそれじゃ、どうして白松さんは映君の仕事の手伝いを？　そもそも、映君て今どんな仕事をしてるのかな」

「えっと……一応、探偵をやっているんです」

「探偵！」

さすがに予想していなかったのか、蒼井はレンズの奥の細い目を丸くした。

「本当かい。びっくりしたなあ。僕は、てっきり君は絵描きになるんだと思っていたよ。それか、お母さんの跡を継いで琴をやるか……僕が知る限りでも、どちらもかなり抜きん出た才能を持っていたはずだろう？」

一体誰のお陰で、それらすべてを捨てることになったというのか。

悪意のない表情で素直な驚きを示し首を傾げている蒼井に、映は心の闇《やみ》を抑え込んで穏やかに微笑みかける。

「そんな、大したことないですよ。俺はただ、探偵になりたくてなっただけですから」

「そうなのか……もったいない気もするけど、そういうこともあるよね。人生って何があるかわからないものだなあ」

「本当にその通りだよ！」

拓也は大きく頷《うなず》いている。

いつもはうざいとしか感じない兄の存在だが、今は一種の清涼剤というか、唯一純粋な人間のように思える。何しろ、このメンツのなかで彼だけが何も知らない、勘づいていないのだ。誰もが腹に一物《いちもつ》持っていて、相手を疑い、観察し、粗探しをしようとしているこの場で、拓也のみが純粋に会話を楽しんでいる奇妙な状況である。

正直、映には蒼井の内心はよくわからない。昔からそうだったし、今も変わらない。けれど、彼が悪意のないまっとうな人格者でないことだけは確かなのだ。

「俺は弟がずっとあの家にいるもんだと思っていたのにさ……いきなり出ていっちまって、本当に参ったよ」

「え、もしかして、映君は家出をしたのか」

「そう、家出だ！　天使は俺を捨てて行方《ゆくえ》をくらませて、残された哀れな男はしばらく食事も喉《のど》を通らない有り様だったよ……」

悪癖が始まった兄を白い目で眺めつつ注釈を加える。

「あの、家出と言っても、一応大学を卒業した後のことですから」

「ああ、そうなんだ。家出なんて言うから、中高生のことかと思った」

「いつかなんて関係ないだろう！　映のような無垢《むく》な天使はずっと家の中で守られているべき存在なんだ……それなのにいつの間にか飛び立ってしまって、俺は生きた心地がしなかった！」

「はは、相変わらずだな、拓也は」

明らかにぶっ飛んでいる拓也にも慣れた様子の蒼井に、雪也は興味深げに訊《たず》ねる。

「やっぱり、こいつは昔からこうなんですか」

「まあ、大体こんな感じでしたね。映君のことになると人格が変わるっていうか」

「昔からか……じゃあもう治らないな」

「おいおい、人を病人みたいに言うなよ。失礼だなあ」

拓也は嘆きながら、運ばれてきた鶏皮のポン酢和《ずあ》えやセロリの浅漬けを自棄《やけ》になったように口に運ぶ。

「本当に人生は残酷だ。まさかこんな風に映と離れて暮らすことになるなんて」

「大人になれば、どちらにしろ住む場所は別になるだろ」

「映と住んでるお前が言うな、龍一！」

兄の叫びに、映はドキリとする。思わず蒼井を見ると、やはりキョトンとした顔でこちらを見つめている。

「今、映君は白松さんと住んでいるんですか」

「ええ、まあ。色々と事情がありまして」

雪也が引き取って答えると、蒼井は「へえ」と言ったきり、特にその先を聞こうとしない。そしてふと、あ、と思い出したように声を上げて拓也を見た。

「そういえば、お前結婚とかしてるのか」

「結婚？　いや、まだだけど」

「そうか。結構俺たちの同期はもう結婚してるよな。子どもいる奴もチラホラいるし」

「あー……。そうだよなあ」

拓也はこの話題には気が進まない様子で、あからさまに声のトーンが落ちている。

「俺、まだそんなの考えられないんだ。お前は？　秀一」

「僕は……まあ、そういう話はあるけどね」

「え、マジか！」

拓也だけでなく、これには映も驚いた。

あり得ない、あるはずがない、とどこかで思っていたのかもしれない。そんなことができるわけがない、と。

「え、誰？　アメリカ人か？　金髪碧眼《へきがん》か!?」

「ち、違うよ。あっちの人たちからすれば、僕なんてまだ中学生くらいにしか見えないらしいからさ……」

「そんなにか！　まあ、確かにアジア人は若く見えるみたいだからなあ」

「……蒼井さん、結婚するんだ」

映は思わず、ぽつりと呟いた。意図したというよりも、自然にこぼれてしまった。

蒼井は瞬《まばた》きをして映を見つめる。

「うん、多分ね。僕もそろそろそういう年齢だし」

「そう、だよね。何か、変なの……」

「変？　どうして」

蒼井はどこまでも悪意のない、真《ま》っ直《す》ぐな眼差しで映を見つめる。映は自動的に的確な言葉を頭で作り出し、口にする。

「なんか、見た目が変わってないからかもしれないけど、まだ高校生のときのままの感じがするから」

映のその台詞に、蒼井は破顔した。

「確かにね。僕も、何だか映君がまだほんの子どもみたいにしか思えないよ。……あの頃みたいに」

＊＊＊

それからどうやって帰ったのか、あまり映は覚えていなかった。色々な話をしたような気もするし、何も話さなかったような気もする。

酒はもちろん飲まなかった。アルコールに弱いというのもあるけれど、あんな極限の状況で酒を飲んでどうなるかわかったものではなかったし、飲んでいなくても脳はおかしな緊張と高揚でほとんど酔っ払ったような状態だったので、そんなものは必要なかったのだ。

「映さん。大丈夫ですか」

「え？　……何が」

汐留《しおどめ》の雪也のマンションに戻り、風呂《ふろ》に入って居酒屋のにおいを落とした後にぼーっとソファに座ってテレビを眺めていると、なぜか雪也に心配される。

「俺、何かおかしい？　居酒屋で変なことでも言ったか？」

「いいえ、特には……もちろん普段の映さんとは全然違ってましたけど」

「へえ、そうなんだ。ま、緊張してたしな。俺案外人見知りだし」

「人見知りって。だって、昔はよく会っていた人なんでしょう」

「そうだけど、もう随分前のことじゃん。そりゃ古い付き合いの友達とか、ずっと会ってなくてもちょっと話せば昔に戻れたりするけどさ。あの人はアニキの同級生で、俺の家庭教師で、別に仲のいい友達ってわけじゃねえもん」

「ふうん……そういうものですか」

雪也はどこか複雑な表情をしている。帰り道は映も言葉少なだったが、雪也もあまり喋っていなかった気がする。

「で？　ご感想は？」

「あの蒼井秀一という人のことですか」

「あの人が見たくてついてきたんだろ？　俺と深い関わりがあるからとか何とか、言ってたじゃん」

「ええ、まあ……そうなんですが」

この男にしては、歯切れが悪い。

「ただ、想像とはかなり印象が違ったので、正直驚きました」

「そうなのか？　どんな人だと思ってたんだよ」

「いえ、もっとこう……男らしいというか、強そうというか」

思わず映は噴き出す。

「正反対じゃん！」

「だから、印象が違うと感じたんです」

「何でそんな風に思い込んじゃったわけ？」

雪也が蒼井秀一にそんな人物像を描いていたとは、意外だった。映は彼の外見についてはは何も話していなかったつもりだが、そんな想像をするようなことを言っただろうか、と首をひねる。

「だって……映さん、いじめられたって言ってたでしょう。意地悪されたって。あの人は、何というか、どちらかと言えば自分の方がいじめられそうな見た目じゃないですか。背は低いですし、なで肩でほっそりしてますし、本人もアメリカでは子ども扱いだったと言ってましたし……」

「まあ、そう見えるよなあ。でも別にジャイアンみたいな奴だけがいじめっ子だとは限らないだろ」

確かに、と雪也は頷き、白湯《さゆ》を入れたマグカップ二つをコーヒーテーブルに置いて映の隣に腰掛ける。自分の勘違いが恥ずかしかったのか、少しだけ頬《ほお》が赤い。

「あまりに大人しそうな人なので、何だか拍子抜けしちゃいましたよ」

「拍子抜け？　何だよ、ケンカでもする気だったのか」

「だって、映さんを苦しめたのはあの人なんでしょう？」

まあ、そうだけど、と返すと、雪也は小さく舌打ちをする。

「一発ぶん殴ってやろうかくらいは思っていたんですが、俺が殴ったら即死しそうなんで、やめておきました」

「おま、怖っ……んなこと考えてたのか……」

「当然じゃないですか。俺の大切な人を傷つけたんなら、それ相応の制裁は受けてもらいますよ」

「さすがにもう時効だろ！　てか、制裁とか、発想が怖過ぎだろ……。蒼井さんがもやしで心底よかったわ……」

俺の大切な人、という台詞にドギマギしつつ、雪也が傷害罪で捕まらなくてよかったと安堵する。もしもそんなことになっても、この男はあらゆる手段でそれを捻《ひね》り潰《つぶ》しそうではあるのだが。

「でもまあ、安心しただろ？　俺の言ったこと嘘じゃないってわかって」

「子どもじみた意地悪をされた、ということですか」

「まあ、そういうこと。あんなひ弱そうな人じゃ暴力とかしそうにないじゃん」

雪也は白湯を飲みながら、しばらく考え込んでいる。

「安心はしてませんが、嫉妬《しっと》はしましたよ」

「……本当、変な奴だなあ。一体どこに嫉妬するような要素があったわけ」

「だって、映さん、あの人が結婚するって言ったとき、すごくショック受けたような顔してましたよ」

　さすがによく見ている。動揺したのは確かだ。あれは自分でも隠しきれなかった。しかし、それを認めるわけにはいかない。

「いや……それ、思い込みだろ。俺全然ショック受けてないし」

「明らかに呆然《ぼうぜん》としてました。それまでは平常心を保っていたのが、いきなり動揺し始めたのは確かです」

「違うって。動揺とかじゃなくて、単純に驚いただけ。だって、俺の中では、あの人高校くらいで止まってるからさ」

　雪也は疑り深い目で映を凝視する。

「あの人のこと、好きなんじゃないですか、映さん」

「……だから結婚でショック受けたって？」

「そういう風にしか見えませんでしたよ」

「あんたの目フィルターかかっちゃってるよ……。大体、あの人が美少年に見えるか？」

「いえ……美しい、という容貌《ようぼう》とは少し違うと思いますけど」

「そうだろ。俺が好きになるのは美少年だし。もしくは、雪也の言う通り俺が肉体的にマゾなら、あんたみたいなガタイのいい男が相手だろ。あの人、そのどっちでもねえじゃん」

雪也は沈思している。元々印象が違ったと言っていたし、自分の中で想像していた過去の映の様々なイメージが崩れて困惑しているのかもしれない。

この男は、自分が腕力もあり精力もある男性という性の見本のような存在だから、男の力による以外の攻撃性というものを、きっと理解していない。

（あの人だって、心が女というわけじゃない。心も体も男だ。けれど……捻《ね》じ曲《ま》げられている。俺と同じように）

久しぶりに会った蒼井秀一は、記憶の中と見た目はほとんど変わらず、声も変わっていなかった。何もかもがほぼ昔のままだ。

（蒼井さんが、結婚する？　へえ、すごいじゃん。できるもんならやってみろよ。あんたみたいな人が、女を普通に愛せるんならさ）

嫉妬ではない。この感情は、何と呼べばいいのだろうか。

映は自分でも自分の心がわからない。蒼井秀一に関しては、本能的な防衛機能が深く考えさせないよう、自然と思考を途中でブロックしてしまっているのかもしれない。

「あの人のこと、好きじゃなくても、嫌なんです」

雪也は悩ましげに吐息する。

「あなたの心が、俺以外の誰かのことで占《し》められているのが我慢できない。あなたは、彼のことが好きじゃないかもしれないが、間違いなくずっと彼のことを考えている。そうでしょう」

映は、咄嗟に返事ができなかった。雪也の言葉が、あまりに的確に真実を言い当てていたからだ。

確かに、夏の依頼が終わった後、拓也に蒼井が帰国することを伝えられてから、映の心は彼で占められていた。だから美少年のことを考える余裕もなかったし、雪也のことばかりを考えてもいられなかった。

これまでも、折に触れてはフラッシュバックのように映を苦しめ、追い詰めてきた記憶だが、いつも蒼井のことばかりを考えていたわけではない。それが一ヵ月以上も毎日思い出すようになってしまったのだから、雪也の言う通り、映の心はあの男でいっぱいだったのだろう。

「でも……もう、会わないから。あの人とは」

ようやく、それだけ口にする。

「今回は、嫌々会った。だから、もう二度と会わない」

「それで、もう、彼のことは考えないでいられるんですか」

「そりゃ、いきなりは無理かもしんねえけど……、会わなきゃだんだん忘れてく。今回だって、アニキに言われるまでほとんど忘れてたんだ。嫌な匂いだって、ずっと残ってるわけじゃねえだろ。だんだん薄くなって消えてくんだから」

　それはただ雪也をなだめるための言葉だ。今、状況は変わってしまった。

　蒼井秀一は日本にいる。どこかでばったり出会ってしまうかもしれないし、何かで関わりを持たざるを得なくなる状況になるかもしれない。

　何より、あのとき以来、初めて顔を合わせてしまったのだ。これまで古い記憶の中だけにあった蒼井秀一という男の、現在を知ってしまった。この先、自分自身にどんな変化が起きるのか、映自身にもわからないのである。

「心配しなくても……俺は、雪也以外とは寝ないよ」

　暗い顔つきをしている雪也の首に、媚《こ》びるように腕を回す。

「そんなこと言って……今までどれだけ危うい場面があったか覚えていないんですか」

「その度に、あんたが阻止してきただろ」

「それは、そうですけど」

「だから、今まで通りでいいじゃねえか」

　広い胸板に頬を押し付ける。温かく、硬い、男の胸。柔らかく冷えた女の胸など、すでに自分とは遠いところにある。

「俺の心を占めたいなら、そうすればいい……やり方、知ってんだろ」

甘えるように見つめると、雪也の頬が一気に紅潮した。

「相変わらず、淫乱ですね、あなたは」

「そういう俺がいいんだろ？」

「よくないですよ。いつだって、体だけ好きにさせて、心は寄越さないんですから」

雪也にはやはりわかっているのだ。映があえてすべてを投げ出していないことを。

それを理解してくれていること自体が、映には嬉しく思える。とことん映のことを観察し、映のことを考え、映のことを欲しがっていなければ、把握できないことだからだ。

（ああ……結局、俺も雪也と同じなのかな）

自分のことだけで心を占めていて欲しい、他のことを考えて欲しくない、という貪欲さは、二人とも似通っているのかもしれない。

執着して欲しくて、執着する。たとえ体を手に入れても、心という目に見えないものを追い求めて、どこまでも追い詰める。

その果てには何があるのか、映は知らない。雪也にだってわからないに違いない。あの男は、知っているのだろうか。

映の思考が再び蒼井に飛んだのを見抜いたように、番犬は苛立《いらだ》った顔をして、強引に細い体をソファに押し倒したのだった。

秘密の誕生日

一難去って、また一難。その上更にまた一難。

日常では滅多にないそんなハードボイルドな展開も、映《あきら》にとってはありがたくない日常茶飯事である。

夏川《なつかわ》探偵事務所の応接用ソファには、この場所では初めて迎え入れる顔の女性が座っていた。映は死んだ目をしてこの女性の前に座り、雪也《ゆきや》はその隣で露骨な興味を隠そうともせずに二人を見比べている。

女性は若く、かといって少女という年齢にも見えない。そこそこ成熟しているがまだ子どものあどけなさを残し、無邪気な表情で映を見つめている。

髪は栗色《くりいろ》に染めたショートカットで、白いブラウスにベージュのワイドパンツ。細い手首を飾る繊細な金のブレスレットに、大きなフープピアス。一見するとさほど主張しない大人しいファッションだが、彼女の猫のような大きな瞳《ひとみ》と白い肌に映《は》える赤い唇ははっとするほど印象的で、シンプルな服装はとてもよく似合っている。

映は長い溜《た》め息《いき》の後、彼女にやや厳しい眼差《まなざ》しを向けた。

「お前……何でこんなところに来たんだよ」

「何で、って、来ちゃいけなかった？」

「別にそういうわけじゃねえけど……知ってると思ってなかったから」

映の気安い、けれどぶっきらぼうな口調に、雪也の予想は確信に変わるものの、やはり本人に紹介してもらわなければ始まらない。

「あのう、映さん。このお嬢さんは？」

「見りゃわかんだろ」

「まあ……そうなんですけど、一応確認です」

映はさも面倒そうに雪也を見やり、ハイハイ、と頷《うなず》いて自分の頭を乱暴に掻《か》き回《まわ》す。

「俺の妹の美月《みつき》だ。今大学四年生……だったよな？」

「何よ、妹の歳《とし》も忘れちゃったの？」

ひどーい、と頬《ほお》を膨らませる様は、年端《としは》もいかない少女のようだ。映も演技で幼稚な言動をとることはあるが、彼女の幼い雰囲気は演じているのではなく自然なものなのだとはっきりわかる。

この点で、顔は似ているものの、この兄妹《きょうだい》は大きく異なっていた。映はどうしたって無自覚な色気が滲《にじ》み出《で》てしまっているが、妹の美月にはそれが欠片《かけら》もないのである。

「話には聞いていましたが、顔は本当に似ていますね」

「え、兄は私のことを話してたんですか」

雪也に視線を向けると、映と話していたときとはまた雰囲気がガラリと変わった。幼さは薄まり、凜《りん》とした冷たさを覚えるほどの眼差しに、少し低くなり甘さの消えた声。

「ええ、少し。妹さんがいて、顔は二人とも母親似だと」

「ああ、そうなんです。私とこの兄が母に似て、上の兄だけが父親似で。この兄と母は本当に姉弟みたいにそっくりなんですよ。母は娘の私から見ても綺麗《きれい》で……正直、悔しいんです。兄の方が私より美人だから」

「そんなことはありません。美月さんもとてもお綺麗ですよ」

雪也がフォローすると、美月はありがとうございます、と返して微笑《ほほえ》む。

この子はきっと賢いのだろう。映のようなエキセントリックな天才ではなく、拓也《たくや》のようなややぶっ飛んだ秀才でもないのだろうが、きちんと周りを見て相手に応じて適切な態度をとれる冷静さがある。

映も拓也もある意味かなり自由で奔放なので、夏川家にもこういう人間がいるのか、と雪也は内心感心した。変わり者ばかりの家なのかと思っていたのだ。

「私も、上の兄から白松《しらまつ》さんのことは聞いています。大学の同期なんですよね？」

「ええ、一応」

「兄からの頼みで、この下の兄の面倒を見てくださっているとか」

「面倒を見ているというわけではありませんよ。仕事の手伝いをさせてもらっているだけです」

「でも、大変でしょう？　何せ、とても気まぐれな性格ですし……ご迷惑をおかけしていないか心配で」

「大丈夫ですよ。お兄さんは立派に働いていますから」

確かに映はトラブル体質に加えてさらわれ属性もあるため、以前その身を取り戻すために金を払ったりはしたが、その見返りは十分にいただいている。もっとも、貰《もら》うほどに飢餓感が強くなり、満たされる気配は一向にないのだが。

「お前ね。俺を何だと思ってんの」

しばらくやり取りを聞いていた映が、不満げに口を挟む。

「こいつと会ったのは一年半くらい前。それまで一人で普通にやってたんだから、問題ねえっての」

「本当？　ま、あーちゃんが何だかんだ要領いいのは知ってるけどさ。色々巻き込まれやすいし、何か心配なんだよね」

「……あーちゃん」

思わず反芻《はんすう》する雪也に、美月は笑って肩をすくめる。

「ああ、兄が二人いるもので、何となく、お兄ちゃんとあーちゃんで区別してるんです。映お兄ちゃん、とかだと長くて面倒なので」

なるほど、と相槌《あいづち》を打ちつつ、あーちゃんとはだいぶ可愛《かわい》らしい呼び方だと噴き出しそうになるのをこらえる。まさか映が妹にそんな呼び方をされているとは思わなかった。やや年齢が離れているにもかかわらず、兄というよりは友達同士のようだ。

「で？　さっきの答えがまだなんだけど。何でこの場所知ってんの」

「お兄ちゃんが教えてくれたの。先月くらいに、自分はあーちゃんの探偵業を認めることにしたっていきなり宣言してきたから、何事かと思ったけど……お母さんの親戚《しんせき》の事件、解決したんだって？」

「うん、まあ、成り行き上っていうかな……そうしないと認めないってアニキが言うから、仕方なく」

そうだったんだ、と美月は頷き、おかしそうに笑っている。

「なんかすごく想像つく。だってお兄ちゃん、あーちゃん連れて帰るってずっと鼻息荒かったんだもん。無理でしょって私は思ってたんだけど、そしたら今度は一転、認めるとか言い出すからさあ。お兄ちゃんって本当わかんないよね。読めないっていうか」

「確かに読めない。だから疲れるんだよな」

二人は顔を見合わせ、合わせたように笑い出す。妹とは気が合うようなことを言っていたが、確かに仲はよさそうだ。雪也は内心、拓也が少し気の毒になった。

「で、私はお兄ちゃんが認めるってことに賛成したから、こうして事務所の場所も教えてもらえたの」

「ってことは、やっぱり……」

「お父さんたちはまだ無理でしょ。お兄ちゃんが色々説明してたときも、いいとか悪いとか言わなかったけど、多分まだあーちゃんのこと諦《あきら》めてないよ」

「だよなあ……」

二人が黙り込むのを見て、雪也は事態が飲み込めずにいる。

「え……、映さんのご両親は、やはり映さんを家に連れ戻す気なんですか」

「いや、わかんねえけどさ。正直、アニキよりも手強《てごわ》いのは両親の方だと思ってる」

「あの夏川よりも？」

それは雪也にとっても脅威である。あれほど熱心に映を取り戻そうとしていた拓也より手強いとなると、それこそ監禁でもしなければいつの間にか映を連れ去られてしまうのでは、という恐怖すら覚える。

「俺としてはあの家に戻るって選択肢はねえんだけど、何年先になっても、あの人たちって、いつか俺が家のことを継ぐって思ってそうでさ」

「でも、夏川のように強引に映さんを家に戻そうと行動しているわけではないんでしょう？　何かを画策したりとか」

「そうなんですけど、兄を諦めるとはひと言も口にしていないんです」

美月は腕を組み、複雑そうな顔をしている。

「母は私を斎田《さいだ》流の跡取りにするとは言っていないし、父も一番弟子に門下生を任せるだとかいう話はしません。兄がいなくなった以上、そういった話が出てきてもおかしくはないはずなんですが……悠然と構えている分、得体が知れないっていうか」

「それは確かに……諦めていないのかもしれませんね」

長兄の拓也は一般企業に勤めていて琴も絵も嗜《たしな》まない。美月は琴の腕はいいと以前映に聞いていたので、母親の跡を継ぐとしたら彼女だろう。日本画の大家である父親は門下生を多く抱えているらしいが、そちらの跡継ぎを身内から選ぶとすれば、それは映しかいない。しかし本人にはまったくその気がないのだから、現時点で不可能な話なのである。

ふと、自分をふしぎそうに見つめている美月の視線に気づく。

「あのう、白松さんは、兄に家に戻って欲しくはないんですか？」

「え……」

美月の問いかけに、思わず間抜けな反応をしてしまうと、彼女は慌てて顔の前で手を振った。

「あ、すみません、こんなこと。何だか、深刻そうな顔をされてたので、つい」

「いえ、構いませんよ。図星だったのでちょっと驚いただけですから」

聞いてはいけないことだったのかとやや狼狽《ろうばい》した美月に、雪也は微笑を返す。この反応を見るに、拓也は二人がキスをしていたところを見たという話はしていないようだ。純粋に映の仕事を手伝い、同居しているだけだと思っているのだろう。さすがの拓也でも、家族の前では話せなかったらしい。

「正直に言えば、俺は彼の絵のファンなんで、絵はまた描いて欲しいと思っているんです。でもそれは、本人が描きたいと思わなければ意味がないので、やはりやりたいことを伸び伸びとやっていて欲しいんですよね」

横から映の胡散臭《うさんくさ》げな視線を感じる。束縛して監視ばかりしているくせに何を綺麗事を、と思っているのは明白だが、この言葉も嘘《うそ》ではない。

「だから、無理やり家に連れ戻されるのは、少し違うかなと思っているんです。俺も、映さんと探偵の仕事をするのが好きですし」

「そうなんですね……。白松さんのような方が兄の側にいてくださると助かります。あの嫉妬《しっと》深い上の兄が、白松さんを信頼してこの兄を任せているのもわかります」

信頼はされているかもしれないが、もしも雪也と映の関係が行き着くところまで行っていると知れば、その信頼は殺意に変わるに違いないのだが。

「美月、そういや来年卒業したらどうするんだ。琴で食ってくのか？　もう師範の免状は持ってたよな」

「まだ迷ってるの。一度普通に就職しようかな。社会経験ないまま師匠なんて呼ばれるのも微妙だしね」

「結婚とかは？　今誰かいんの」

「うん、一応。あーちゃんも知ってる人だよ」

えっ、と声を上げ、映は目を丸くしている。

「まさか、高校入ってすぐ付き合ってた奴《やつ》いたけど、あいつ⁉」

「何でそんな驚くのよ。おかしい？」

「いや……だって、確か初めての彼氏だよな？」

「あーちゃんと違って、私、真面目《まじめ》だから。別に人生でたった一人でも十分よ」

内心、この兄の妹とは思えない、と雪也も思ってしまう。色気がないなどと失礼な印象を持っていたが、やはり色恋に関しては保守的な性格なのだろうか。多くの人数を知っていればいいというわけではないが、この容姿なのだから、刺激的な誘惑も少なからずあったはずである。それでもずっと一人きりの恋人と続いているというのは、本人の言う通り真面目だからなのだろう。映のような奔放な冒険家でないことは確かだ。

「でも結婚はまだ早いかな。三十近くなってから考えようと思って」

「じゃあ、他の男も試してみりゃいいじゃん。マンネリだろ、いい加減」

「そんなこと言ったって、私モテないのよ。なぜか女の人にはモテるんだけどさ」

「え……、美月さん、そうなんですか」

雪也はつい興味を覚えて口を挟む。美月は少し恥ずかしそうに俯《うつむ》いて頬を掻いている。

「どうしてかわからないんですけどね。私、男の子と少し仲良くなると必ず言われるのが色気がないってことなんです。自分でもわかってるんですけど、それなのになぜか女の人……いわゆるレズビアンの人には色っぽいとか言われちゃって。ふしぎですよね」

思わず、なるほど、と手をポンと打ちたくなるほど納得がいった。雪也が美月に色気を感じなかったのは、自分が男だったからなのか。もしかすると、映の色気も美月と同様に女性にはまるで効かないのかもしれない。

こんなところでこの兄妹の共通点を発見するとは思わなかった。美月は女性同士の世界に飛び込んでしまうと、映のようになってしまう可能性もあるということか。

（いや、違うな……それでも、根本的に彼女と映さんとは種類が違う。業《ごう》がないというか、屈折したところがないというか……顔は似ていないが、雰囲気は美月さんと夏川は同じだ。裕福な家庭で穏やかに育ったのがわかる。ひとつ屋根の下で育ったはずなのに、映さんにはそれを感じない……）

雪也は、映にはまだ秘密があると考えている。何かを常に隠しているような、摑《つか》みどころのない、深い暗闇《くらやみ》を抱えている。しかし、美月にそんなものはないだろう。少し付き合いをつづけていれば、彼女のすべてが理解できるはずだ。

映には、どんなに言葉を交わそうが体を重ねようが、ここから先には入るなという壁が存在している。それはつまり、誰にも話せない何かが、その壁の向こうにあるということなのだ。

色気云々《うんぬん》の他にも、美月の顔立ちは雪也の好みから言えばドンピシャで、映同様に疼《うず》く心がありそうなものだが、何も感じなかった。

映には、説明のつかないフェロモンがある。出会ったばかりの頃には気づかなかった。けれど一緒に過ごしているうちに、次第に雪也はそれに当てられて、彼なしではいられなくなってしまったのだ。

「それなら女と付き合ってみたら？　一般企業に就職するより世界広がるかもよ」

映は思考を巡らせている雪也には気づかぬ様子で、兄とは思えぬ提案をしている。

「私、そういうんじゃないし。付き合うなんて無理」

「一回飛び込んじゃえば簡単なんだけどなあ。周りにそういう奴らいねえの」

「いるわよ。友達も女の子同士で付き合ってる」

「え、何それ聞きたい！」

野次馬《やじうま》根性丸出しで食いつく映。するとなぜか美月は我が意を得たりという顔をして身を乗り出した。

「聞きたい？　いいよ、私も聞いて欲しいの。実は、今日ここに来たのってそれが理由なんだもん」

「へ？　どういうことだ、それ」

「依頼したいの。探偵のあーちゃんに」

予想だにしていなかったのだろう、映は唖然《あぜん》として妹を凝視している。美月に冗談を言っている様子はなく、至極真面目な顔つきで話を続ける。

「もちろん、お金は払うよ。身内割引にして、なんて言わないし。っていうか、私の依頼じゃないから。その友達に頼まれて、今ここにいるわけ」

「えーと……ちょっと待て」

美月の話を遮り、映は膝《ひざ》を揃《そろ》えて妹に向き直る。

「いいか、言っとくけど、話聞いたからって俺が受けるとは限らない。喋《しゃべ》ったんだから絶対に引き受けろっていうのはナシだぞ」

「わかってるわよ。ダメだったら別の方法を考えるだけ。私は今日ここで依頼の内容を伝えて、あーちゃんが受けてくれるようだったら、依頼主本人を連れてくるってことになってるから」

ふうん、とあからさまに乗り気でない様子で頷くと、映はソファの背もたれにふんぞり返る。

「まあ、いっか。とりあえず話してみろよ」

「えらそー。お客さんの話聞くときいつもそんななの？」

「いえ、いつもは別人のような営業スマイルですよ」

「そうですよね。こんな態度じゃお金払いたくないもん。ええと、とりあえず……」

美月はバッグからメモを取り出し、依頼の内容を確認する。

「いわゆる、浮気調査ってやつみたい。ただし女の子同士の」

「それじゃ、浮気相手も女ってことか？」

「それはわからない。相手の人も元々女の人しか好きじゃないって言ってたみたいだけど、一度疑い始めるとそれもよくわからなくなってきちゃったみたいだし」

「うーん……まあ、ノンケの男が男に走る場合だってあるわけだしな。確かに絶対女相手とも言えないわな」

チラッと横目で雪也を見つつ、映は続ける。

「それで？　何で浮気してると思ったわけ？　美月の友達は」

「最近様子がおかしいんだって。前みたいに会えなくなって、電話しても出なかったり、折り返しの電話もなかったり。会っても何だかソワソワしてて、明らかに今までとは様子が違うみたい」

「……浮気かどうかはわかりませんが、何か隠し事ができてしまったようですね」

この事務所に依頼される浮気調査も大体内容は同じだ。違うところは、調査対象が男の恋人、または夫であること。逆の場合もあるが、やはり女性の方が勘が鋭く、男がどんなに隠そうとしても些細《ささい》なことでそれを見破ってしまう。今回の件はどちらも女性だが、相手の彼女は隠すのが下手なタイプなのだろうか。それとも、美月の友人が異常に鼻が利くか、もしくはただの被害妄想か。それは実際に調査を始めなければわからないのだが。

「なるほどね。問い詰めても教えてくれない感じなのか?」

「はぐらかされるんだって。明らかに変だよね。依頼人の子は私の大学の友達なんだけど、相手の彼女は歳上で社会人なの。帰国子女で、外資系企業に勤めてるんだって」

「すげえじゃん。大学生とキャリアウーマンがどういう出会い方したんだよ」

「ねえ、そこまで聞くってことは、依頼受けてくれるって意味だよね」

普通の雑談のような会話に不安になったのか、美月は怪訝《けげん》な目つきで兄を眺める。

「受けてくれないなら、あんまり詳しいことは言えないよ。デリケートな話だし」

「うん、まあ……そうだよな。今んとこ、受けてもいいと思ってるけど」

「本当?」

「浮気調査なんて今まで腐るほどやってきたし、面倒くさくもねえと思うし……今丁度、何も依頼入ってないしな」

確かに現在、受けている依頼はゼロだ。もっとも、こういう状態のときは少なくないのだが、それでも映が少しでも面倒だと思ってしまえば、どんな簡単に思える依頼でも断ってしまう。それを渋々でありつつも受けるというのだから、やはり妹の頼みは聞いてやりたいという兄らしい気持ちがあるのだろう。

「よかったあ。やっぱり、私たちまだ学生だし、探偵っていってもよく知らない人にプライベートな話打ち明けるのって勇気いると思うからさ」

「まあ、そうだろうな。っていうか、普通は学生くらいじゃ探偵雇おうなんて思わないいんじゃねえの？」

「うん、まあ、そうなんだけど。たまたま、あーちゃんが探偵やってるってちょっと話したことあってさ。そしたら、頼めないかって彼女が聞いてきたから」

「じゃあ、俺が断ったら、自分で何とかするつもりだったってことか」

「わかんない……あの子相当悩んでるから。すごく本気で恋人のこと愛してて、将来は海外で挙式しようとまで考えてたのよ」

饒舌《じょうぜつ》だった映が、ふいに黙り込む。雪也には、今映が何を考えているのか、わかるような気がした。

（映さんは、鎌倉《かまくら》で俺が言ったことを、どう思っているんだろうか）

雪也は、あのとき映に「結婚したい」「海外でできるところを探す」と告白したのだ。

そう、あれは告白だった。プロポーズをしたつもりだった。けれど、映から明確な返事はなかった。よほど驚いたのか、ただ呆然《ぼうぜん》とした顔をして、それからはずっと心ここにあらずといったような状態だった。ホテルに戻って甘い雰囲気になりかけたとき、事件に急展開が起きて、結局うやむやのままその話は終わってしまったのだが。

(俺は本気なのに。この人はきっとまだ俺の愛情を信じていない。だから隠し事をする。俺がまた女に戻ると思っている)

今もまだ女を抱けるかといえば、恐らく抱ける。しかし、それはただの肉体の反応であって、心は映しか求めていないし、体だってあれほどに猛《たけ》り狂《くる》うのは映に対してだけだ。

止められない。歯止めが利かない。失神させるまで抱いてしまうこともあるほど、雪也は映に飢えている。どこまで追い込んでも、捕まえられない。

だから、何かで縛り付けておきたかった。それが結婚という儀式ならば、迷う要素などどこにもないのだ。

「それじゃ、私は今日はこれで帰るね。今度、依頼人も連れてくるから」

美月はおもむろに立ち上がる。依頼を受けてもらうことができて安堵《あんど》したのか、どことなく晴れ晴れとした表情だ。

「美月、今日みたいにいきなり来るんじゃなくて、きちんとアポ取れよ」

「わかってるよ。次からは正式な依頼だもんね」

素直に頷いた後、あ、と何か思い出したように雪也を振り向く。

「そうだ、白松さん。上の兄が少し話したいことがあるらしくて、近くで待ってるんですけど、ちょっとお時間いいですか」

「え、夏川が？　今ですか？」

「はい、私がここに来ていること知ってるので、この後会うことになってるんですけど、もし大丈夫なら白松さんも連れてきて欲しいって」

「俺は別に行かなくていいんだよな」

映はソファでくつろいだまま、あからさまに面倒くさそうな顔で訊《たず》ねる。

「うん、大丈夫。でもあーちゃんが来ればお兄ちゃん喜ぶと思うけど」

「絶対行かねえ」

「はいはい、言うと思った」

最初からわかっていたように笑い、「じゃあ、行きましょ」と雪也を促す。

「どんくらいかかんだよ」

「わかんない。でもお兄ちゃん用事あるって言ってたし、一時間もかからないと思うよ。じゃあまたね、あーちゃん」

ひらひらと手を振る映を少し心配げな顔で振り向きながら、雪也は美月と事務所を出る。まさかこの短時間に脱走することはないと思うが、それでも彼を一人きりにするのは何となく不安だった。

「あーちゃんのこと、心配ですか？」

通りに出た後、雪也の心を読んだように、美月が声をかける。

「大丈夫ですよ。すぐにお帰ししますから。すぐそこのファミレスですし」

適当な世間話をしながら歩き、事務所から徒歩五分ほどの飲食店に入る。時刻は夕方に差し掛かったところで夕飯にはまだ早いので、フリードリンクで長話をしている主婦層の客が目立つが、そこそこ空いていてうるさくはない。

美月と雪也は窓際の四人用の席に案内され、向かい合って座った。店員に飲み物を注文し、手持ち無沙汰にメニューを眺めている雪也に、美月は首を傾《かし》げる。

「あのう、聞かないんですね。『夏川』はどこなのか、って」

「ああ……だって、俺に話があるのはあなたなんでしょう、美月さん」

何でもないことのように返すと、美月はキョトンとした後、肩をすくめて照れ笑いした。

「やっぱり、バレてましたね。兄もわかってたでしょうか」

「多分。でも、夏川のことを出せばついてこないとわかっていて、ああ言ったんでしょう？」

「すごい。その通りです。ちょっと無理やりでしたね」

予想通り、美月はただ映のいないところで雪也と話がしたかっただけらしい。映も少し不自然には思っていただろうが、少しでも拓也と会うかもしれない可能性があるのなら、ついてくるという選択はしないはずだった。今は離れていてもやはり家族なだけあって、兄のことはよく把握している。

「映さんに聞かれるとまずい話なんですか」

「あ、いえ、そういうわけじゃないんですけど。私、上の兄から少し話を聞いただけなんで、いつも一緒にいる白松さんに、兄の普段の様子を聞きたかったんです」

「あーちゃん、でいいですよ。夏川との区別がつけづらいでしょうから」

「え……、そうですか」

美月は少し恥ずかしそうにはにかんで、素直に「じゃあ、あーちゃんって言いますね」と応じる。

「兄はあーちゃんが元気にやってるって言ってましたけど、本当ですか？」

「ええ、そうですね。まあ、事件が事件だと多少危険なこともありますが、俺がいますし、大丈夫です」

「白松さんがそう言ってくださると、何だか本当に大丈夫な気がするからふしぎですね」

初めてお会いしたはずなのに、と美月はふと眩《まぶ》しそうに目を細める。その眼差しに、雪也は彼女は白松という名字の持つ意味を知らないのだろうと感じる。もしも兄の近くにいる男の実家がヤクザだと知っても、彼女は同じように自分を見てくれるのだろうか。

「ところで、映さんが大学卒業と同時に家を出た後、連れ戻そうとしていたのは夏川だけなんですか?」

「ええ、まあ……あーちゃんのことは三池《みいけ》先生から報告を受けていたので、とりあえず行方不明というわけではなかったんです。それでも、もちろん皆心配はしていたんですけれど……」

三池先生というのは、映に探偵のノウハウを教えた三池宗治《そうじ》のことである。映の父の友人で、かつて警視庁に勤めており、引退後探偵業を営《いとな》んでいて、映はしばらくそこでバイトをしていたらしい。

「そりゃ、心配しますよね。聞いた限りだと、いきなり消えたような感じだったんでしょうし」

そうなんです、と美月は当時を思い出したのか、少し怒った顔つきになる。

「もう、本当にあーちゃんっていつでも自由で、突拍子もないことをするんです。昔からそうだったんで、いつかこんな日が来るかもとは思ってたんですけど」

「突拍子もないことって……たとえば?」

「小さい頃がいちばんひどかったんですけど、とにかくやりたい放題で。私の部屋の模様替え勝手にしちゃうし、バッグなんかにも落書きしちゃって……変に上手《うま》いから、消せないし」

　映の落書きならば家の壁にでも何にでも、いくらでもして欲しいと思いながら、ひどいですねえと同情してみせる。

「それに、プチ家出みたいなこともわりとあって。たとえば家族旅行なんかしてても、一人でフラッとどこかに行っちゃうんです。慌ててそこらじゅう探してみたら、近所の民家の縁側でちゃっかりおまんじゅう食べさせてもらってたり」

　雪也は思わず噴き出し、慌てて口を押さえる。天衣無縫《てんいむほう》なところのある映らしいエピソードだ。

「すみません……すごく想像できます」

「さすがに大きくなってくると収まってはきたんですけど、発想が普通じゃないっていうか、人が思いもよらないことをするので、いちいち心臓に悪いんです。中学くらいのときなんて、家の中に大きなだまし絵を作って、私全然気づかなくて鼻からぶつかったんですよ？　それを見てあーちゃんは大笑いで……私の誕生日だったかな」

「家の中にだまし絵ってすごいですね。労力の使い所を間違えているというか……しかも誕生日って、もしかしてそれがプレゼントだったんですか？」

　そうなんです、と美月は大きく頷く。

「とにかくそういう変なプレゼントばっかり。ひどいでしょう？　まあでも、そんな感じで騒がしさの中心にはいつもあーちゃんがいたんで……正直、あーちゃんが家にいないのは寂しいなって思います。そういえば、もうすぐ誕生日だし」

「え……映さんのですか？」

「あ、はい。十月二十一日です」

誕生日と聞いてドキリとした。しかも、もう数日後に迫っている日付だ。

これまで気にしたこともなかったが、誕生日を知らずにいた自分に愕然《がくぜん》とする雪也である。仮にも結婚したいとまで思う相手だったのに、思い返せば去年も何もしなかったことになる。面倒な事件が続いたこともあるが、完全に失念していた自分を殴りたいほどだ。

これで相手が女なら、たちまちへそを曲げて別れの危機が訪れたことだろう。

「と言っても、あんまり祝われるの好きじゃないみたいで、いつも嫌々なんですよね」

「誕生日を祝われるのが苦手、ということですか」

「ええ。大げさにしなくていいってずっと言ってて、プレゼントもいらないって言うから、いつの間にかケーキ食べるくらいになっちゃったんですけど」

誕生日を祝われたくないなどという話は初めて聞いた。誰でも「おめでとう」と言われるのは嬉《うれ》しいことだと思うのだが、映にとっては違うようだ。

「映さん、自分の誕生日が好きじゃないのかな……」

「なんか、そんな感じに見えます。私たち兄妹って誰も反抗期らしい時期がなかったですし、拗《す》ねて言ってたわけでもなくて、ただ本当に嫌そうだったんで」

誕生日に何か嫌な思い出でもあるのか。それともただ、歳を取りたくないだけなのだろうか。

こんなにも一緒にいるのに、映に関して知らないことが多過ぎると思い知る。それはきっとお互い様なのだろうけれど、雪也は聞かれれば何でも答えるつもりでいるのに、映がまるで興味を示してくれないのが悲しい。

（まあ、最初俺を『如月雪也《きさらぎ》』なんて名付けて、ろくに警戒もしないで家に上げたくらいだし……俺が何者だろうと、あの人は気にしないんだろう）

鎌倉で元カノと遭遇したときも、少しは嫉妬でもしてくれるかと思えば、そんな素振りも見えなかった。もしも雪也が映の元カレなどと対面したら、挨拶《あいさつ》代わりにどついてしまいそうだと思うのに、その温度差が辛い。

（元カレ、といえば……あの蒼井《あおい》とかいう男は、違ったのかな）

最近いちばん気にかかっているのはそのことである。映は単純に意地悪をされていただけだと言っていたが、そんな些細なことであそこまで気もそぞろになるほど心を支配されはしないだろう。

口で聞いても白状しないし、体に聞いてもだめだった。淫乱《いんらん》で、少し愛撫《あいぶ》すればすぐに陥落するくせに、映の心の壁はどこまでも分厚い。

だが、雪也の本能的な勘が告げている。あの男はただの意地悪な家庭教師ではなかったはずだ、と。彼自身に不穏なところを感じたわけではないが、映と同様に心に堅牢《けんろう》な壁を持っているのではないかと思わせるような、胸の内を覗《のぞ》かせない冷ややかさがあった。一度会っただけでどうこうとは言えないが、ただの好人物というわけではないのはわかる。

（映さんはあの人に関しては絶対に口を割らないだろう。本気で知りたいのなら、嫌われるのを覚悟で秘密裏《ひみつり》に調べるしかない）

それこそ、実家のコネを使ってでも。

不穏な企《たくら》みを抱いている雪也をよそに、美月は兄を思って心配そうな顔をしている。

「あの、あんな兄ですけど、どうかよろしくお願いしますね。変わってるけど、悪い人間じゃないんです」

「ええ、大丈夫。わかってますよ。嫌いだったら一緒にだって住めませんし」

「そ、そうですよね。同居しているんでしたよね」

ふと、美月は何かを躊躇《ためら》うように一瞬口をつぐんだ。おやと思って見ていると、少し思い切ったように顔を上げる。

「あの……白松さんとあーちゃんとは、普通の仕事仲間、なんですよね」

「え？　ええ。同級生の弟ということもありますけど」

「あ、そ、そうでした。すみません、おかしなこと聞いて」

いえ、いいんですよ、と笑顔で返しながら、何か勘づかれたかと内心ドキドキする。事務所にいたときも妙な素振りはしていなかったと思うが、女の勘で何かを感じ取ったのだろうか。

（それとも、美月さんは映さんの何かを知っているのか？）

それで、もしかすると兄と同居人との関係は他に何かあるのではと勘ぐっているんだろうか。もしもそうならば、聞いてみたい。だが、『普通の仕事仲間』がそこまで気にするのはやはりおかしいだろう、と思うと口にできなかった。それには自分たちの本当の関係を打ち明けなければ不自然だし、今日会ったばかりではまだそのことを話す段階にはない。

美月は本気で映の身を案じており、兄の最も近くにいる雪也のことがやはり気になっているらしい。拓也の同級生と知って一応信頼はしているのだろうが、やはりまだ得体が知れないと感じている部分も少なからずあるだろう。

雪也は内心ではすでに美月を自分の家族同然に扱いたい気持ちがあるが、やはり道ならぬ関係にある身の上では、彼女の目を真《ま》っ直《す》ぐ見るのに多少苦労した。それはやはり、美月自身から育ちのいい善良さ、道徳の匂《にお》いを感じるからで、家を飛び出した映の気持ちが少しだけわかるように思ったのだった。

＊＊＊

美月との対談を三十分程度で切り上げ、雪也は事務所に戻る。

道中で電話がかかってきて、誰かと思って見てみれば双子の弟の龍二《りゅうじ》だ。

「……おう。どうした」

『兄貴。変わりないか』

「ああ。……何かあったのか」

声の雰囲気に不穏な気配を察知する。龍二が自《みずか》らわざわざ電話をかけてくるのだ。慶事でないことは確かである。

『何もないならいい。ただ、用心してくれ。最近周りが騒がしい』

「……黒竹会《くろたけかい》か」

『頭《かしら》が死にそうなんだと。親父《おやじ》は穏健派だが長男が武闘派だ。目の上のたんこぶが消える前からきな臭い空気がある。気をつけろ』

「わかった。気をつけるのは俺よりお前だろ」

おざなりに気遣うと、向こうで小さく笑う声が聞こえる。

『舐《な》めんなよ。ヤクザが嫌で家おん出た甘ちゃんとは違うんでね』

龍二らしい皮肉を捨《す》て台詞《ぜりふ》に、通話は切れた。雪也は思わず立ち止まって、周りの景色を反射する暗いディスプレイを見つめる。

（抗争になる、か……）

黒竹会は雪也の実家の白松組が敵対している組織だ。小競《こぜ》り合《あ》いがありつつも近年は大きな揉《も》め事《ごと》もなく睨《にら》み合《あ》っている状態だった。その均衡が、崩れるのかもしれない。

そもそも、雪也が初めに夏川探偵事務所の前でひっくり返る間接的な原因になったのは、雪也を双子の龍二と間違えて黒竹会のチンピラが襲ってきたことだし、確かに家を離れたとは言え、まだ無関係とは言えない状態だ。

先ほど美月と会話していた空間とは、急に違う世界に飛ばされたような感覚。

わかっている。本来ならば、自分は夏川家のような上流社会にいる人々と関われるような立場ではない。たとえ家を出て家業とは無縁の仕事をしているとは言え、血は何よりも濃い。友人や恋人とは違い、完全に断ち切れるものではないのだ。

（それでも俺は、映さんの側にいたい）

もしかすると、自分が近くにいることで、却《かえ》って彼を危険な目にあわせてしまうかもしれない。その可能性は否めない。拓也は昔からの知り合いで何も思わなかったが、今美月という彼の妹と会ったことで、形容し難い罪悪感のようなものが生まれている。

『白松さんがそう言ってくださると、何だか本当に大丈夫な気がするからふしぎですね』

と、そう言ってくれた美月の信頼を裏切りたくない。何より、映のことだけはこの身がどうなっても守らなくては、と強固な決意を新たにする。

無性に、一人きりにしている映のことが気になった。気持ちが逸《はや》って早足で階段を上がるが、ドアを開けば映はいつも通り、行儀悪く机に脚をかけて雑誌を読んでいる。

「おお、おかえり」

「……ただいま、あーちゃん。寂しかったですか」

「あほか、たった三十分程度だろ。ってか、あーちゃんやめろ、笑えない」

露骨に顔を歪《ゆが》めつつ、「で、美月と何話した?」と訊ねてくる。

やはり、兄がいなかったことに気づいている。拓也のことは聞かず、妹の名前だけを口にした。

「変わり者の兄を心配していましたよ。どうぞよろしくお願いしますと言われました」

「ふうん……あいつから見てそんなに頼りねえのかなあ、俺って」

「何だか昔から落ち着きのない行動をしていたらしいじゃないですか。色々聞きましたけど……あれじゃ心配にもなりますよ」

「そうかな? ってか、美月の奴何話したんだ。後で余計なこと言うなって釘《くぎ》刺しとこ」

映は子どものように唇を尖《とが》らせる。同じような仕草を美月がすれば無邪気な少女のように見えるのに、映がすると仄《ほの》かに媚態《びたい》を含むのがふしぎでならない。恐らく、これも無自覚のことだろう。

「妹さんの依頼、本当に引き受けてよかったんですか」

「まあな。実際暇だろ」

「まあ、そうなんですけど……実家のしがらみとか嫌がるかと思ったんですが」

「アニキが認めるって言って美月もそれに応じたんだから、あの二人ならもう気にしねえよ。それに今回の依頼人は美月の友達で、あいつ本人じゃねえし」

なるほど、と思うものの、正直、ここのところ気もそぞろだった映がまともに仕事ができるのだろうかという心配もある。もしかすると、そのこともあって探偵業に打ち込みたいのかもしれないが。

（それにしても、問題は誕生日だ……知ってしまった以上、何もしないというわけにはいかないしなあ）

映はどうやら誕生日を祝われることが苦手らしい。だから雪也にも教えなかったし、雪也の誕生日を聞くこともなかったのかもしれない。そもそも、そういったイベントには無関心な性格でもあるのだろうけれど。

（しかし、本当に迂闊《うかつ》だった。俺としたことが、誕生日も知らなかっただなんて）

以前、二人が出会った日に記念として薔薇《ばら》の花束をサプライズで贈る程度には、そういったことは大事にしている。

さて何をしよう、と考えるが、美月からの情報を聞いた限りでは、あまり大げさなことはしない方がよさそうだ。

誕生日当日、雪也は考えた末に無難にいつもより少し豪華な夕食を作り、ケーキと花束を買うというオーソドックスな計画を立てた。

まったく台所に立たない映なので、いつも外食するとき以外は基本的に雪也が作る日常ができている。以前少し手伝わせてみたこともあったが、包丁すらまともに握れない有り様で、危険過ぎるのでそれ以来電子レンジくらいしか任せていない。

家事の大半は雪也がやっているが、自分の住《す》み処《か》だとはいえ、我ながら甲斐甲斐《かいがい》しいと思う。その分、夜に無理をさせていることは百も承知だ。基本的に、自分は惚《ほ》れた相手に尽くすのが好きなのだと、映と出会ってから初めて気づいたのである。その前の女たちは何だったのか、と言われれば、謝り倒すしかないのだが。

「ん？　もしかして、なんかすごいもん作ってる？」

「いえ、別に大したものじゃないですよ」

いつもと少し違う様子の厨房《ちゅうぼう》に気づいたのか、映が覗き込んでくる。危ないからリビングでテレビでも見ていてくださいと追い払い、雪也はいそいそと準備に励んだ。

映は子ども舌なので単純な味を好む。ローストビーフは多少大人びていたかと思うが、肉なら普通に喜ぶだろう。かぼちゃのスープに温野菜のサラダ、エビとマッシュルームのアヒージョとバゲット、ほうれん草とチーズのキッシュと、アルコールが苦手な映のための見た目は赤ワインに似た葡萄《ぶどう》ジュース。

「映さん、できましたよ」

テーブルをセッティングしてから呼び寄せると、そこに並んだ料理の数々を見て、映は唖然としている。

そしてしばらくして、今日が何の日なのかに思い至ったようで、やや恨めしげな目をして雪也を見つめた。

「もしかして、美月に何か聞いたか」

「ええ。今日で二十八歳ですか？　映さん」

「そうだけど……、ええ、まじでビビったわ。美月の奴……」

どうやら誕生日を祝われるのが苦手というのは本当のようである。しかし目の前に揃えられた品数を見て、さすがの映も無下《むげ》にはできないと感じたらしい。

少しだけ強張《こわば》った表情を解いて、照れ笑いのような微笑を作ると、雪也に歩み寄り、伸び上がって頬にキスをする。

「驚いたけど、ありがとな。こんなにたくさん作るの、大変だっただろ」

「いいんですよ。どうせ食べきれないでしょうから、数日分の料理を前もって作ったと思えばお得です」

「ほんと……雪也は何でもできるなあ。完璧過《かんぺきす》ぎ」

しつこいのを除けばな、とついでに悪態をつく映の唇をキスで塞《ふさ》いだ後、二人で向かい合って席につく。

食べ始める前に映のグラスにジュースを注いでやろうとしてボトルを傾けると、寸前で止められた。

「あ、待って。それ、何？」

「心配しなくてもワインじゃないですよ。色だけ同じジュースです」

「じゃあ、俺も雪也と同じの飲む」

え？　と思わず聞き返すと、「同じの」と映は繰り返す。

「い、いいんですか？　お酒、苦手でしたよね」

「苦手だけど、今日くらいいいじゃん。一応、誕生日だし、酔っ払ってもどうせ家だし」

「まあ、そうですけど。映さんがそう言うなら……」

あまりにも意外な映の申し出に驚きつつ、雪也は二つのグラスに赤ワインを注いだ。正直、これまで一人で飲むことに若干の味気なさを感じてもいたので、映のこの気まぐれはとても嬉しいものである。

「それじゃ……映さん、誕生日おめでとうございます」

「おう、ありがとな」

二人で乾杯をして、まず一口同時に飲み込む。すると、案の定、途端に映はギュッと目をつむって顔をしかめた。

「うっわ……久しぶりに飲んだけど、やっぱ特に美味《うま》くねえわ」

「やっぱりジュースに替えますか？」

雪也が訊ねると、「いや、いい」と映はムキになって、顔をクシャクシャにしながら無理やりワインを飲んでいる。

そんな様子も可愛くて、「無理しないでくださいね」と言いつつ、不味《まず》そうにグラスを傾けるのをじっと見つめてしまう。

咄嗟《とっさ》に作る表情はこんなにも素直で率直なのに、どうして大事なところでは自分一人の中に閉じ込めてしまうのだろう、とそれだけが残念だ。

映はグラスを半分にしないうちにすぐに顔が赤くなって、首がすわらない状態になる。

「うん……だんだん味がわかんなくなっていい具合に飲める」

「それすでに酔っ払ってるんですよ。ちゃんと水も飲んでくださいね」

「わかってるよお。子ども扱いすんじゃねえ」

ほんの少しの量でベロベロになってしまう優秀なコストパフォーマンスに呆《あき》れつつ、雪也はあっという間に三杯目のワインを傾ける。

こんな状態ではせっかく作った料理の味もわからなくなりそうだと思いつつ、映の酔った姿に、ふと懐かしさを感じもした。

「映さん、覚えてますか？　まだ俺たちが出会って間もない頃に受けた依頼で、あなたがクラブで酔わされたこと」

「ん？　あー……。そりゃ、もちろん覚えてるよ。いくら何でも、去年のことそう簡単に忘れるかよ」

「あのとき、初めて映さんを抱いたんですよね……俺が初めて男を抱いた日でもありますけど」

それを聞いて、映は思い出したらしくクスクスと小さく笑い出す。

「お前、ほんと……びっくりしたわ。完全にノンケだと思ってたのにさあ」

「俺だってあんなことになるとは思わなかったですよ。それもこれも、映さんが悪いんです。いいように酔わされて、トイレの個室に連れ込まれて、媚薬《びやく》なんか入れられちゃって」

「うん、そう。俺が悪い。俺のトラブル体質が悪いんだよなあ」

「トラブル体質もそうですけど、あなたのフェロモン体質のせいでもありますよ。顔が似ていてしかも女性なのに、俺は美月さんには何も感じませんでしたから」

へえ、と映はキョトンとして雪也を見る。その顔があどけない少女のようで、ドキリと胸が騒ぐ。

「美月、可愛いと思うんだけどな。だめだった？」

「あなたそれ、自分の顔が可愛いって言ってるも同然ですよ」

「うん、俺は可愛い。散々褒められてきたから、知ってる」

　ああそうですか、と適当に相槌を打ちつつ、自分でもなぜ美月にこんなにも心を動かされないのかふしぎになる。彼女自身、男には色気がないと言われると言っていたが、確かに彼女を抱いてみたいだとか裸を見てみたいだとかは微塵《みじん》も思わなかった。

「面白いですよね。顔が似てるのに雰囲気は全然違う。美月さんはさっぱりとしているのに、あなたは何をしていても爛《ただ》れた色気がダダ漏れですからね」

「オイコラ、悪意のある表現はやめろ」

「率直な意見ですよ。俺は今まで男に色っぽいとかそんなこと、一度も感じたことはなかったのに、映さんの側にいると、妙な気持ちが抑えきれなくて困りました」

「そうなんだろうなあ……知ってるよ。皆、俺のせいにしやがるんだもんなあ」

「皆？」

　雪也はふと思い出した。最初にかかわった依頼人のキャバ嬢のリカコが、映の事務所に入った男たちが彼の体を要求していたようなことを話していた。

（そうだ……普通に考えれば、俺でもこの人のフェロモンにやられたんだから、その辺の普通の男だってそうなるはずだよな）

映の今の台詞からすると、あなたのせいだとでも言いながら襲われたことが何度もあったのだろうか。正直、自分も同じようなことを言って初めに映にのしかかったことを思えば、腹を立てる資格もないのだが、やはりいい気持ちはしない。

「……以前も同じような経験があるなら、俺が初めてあなたを抱いたときも、予想外というわけじゃなかったんでしょう？」

「うーん……そうだなあ」

映は酔って潤んだ目をして、暑いのか着物の衣紋《えもん》をくつろげて手で扇《あお》いでいる。甘い体臭が鼻先にも漂ってくるようで、自然と雪也の下腹部も熱くなる。

「だって雪也はさ、特別じゃん。最初記憶喪失だったし、俺がふざけて迫ったときも全力で拒否してたし。まさかあんな強引にやられるとは思ってなかったんだよなあ」

「それは……すいませんでしたね」

「ああ、あと、サイズも予想外だった。尻《しり》が割れちまった、ってな」

オヤジのような下ネタでケタケタと笑っているのに、愛くるしい童顔なのがひどいギャップである。

「そんなに大きかったですか」

「デケエよ、自覚してんだろ。あんなの俺でも初めてだったわ」

「でも、映さん、好きでしょう？」

「……最初はぜってえ無理だと思ったんだけどな」

ちびちびと赤ワインを舐めながら、映はまだ笑っている。

「あんなに奥まで入ったの、初めてだったし。新世界だった」

「好きですよね。奥、突かれるの」

「うん……、好き」

え、と思わず聞き返しそうになった。

（……酔ってるからなのか？）

これはヤバイ。今にも理性が爆発しそうである。

まだ絶頂状態にもなっていないのに、こんなにも映が素直になるのを見たのは初めてだった。セックスの最中、快楽でズブズブになり、ろれつの回らない口で正直な感情を口にするのはお決まりだったが、素面《しらふ》でないにせよ、正気の状態でこんな態度になるのは見たことがない。

「最初は痛みもあったのにさ。今じゃ気持ちいいだけで、マジ、ぶっ飛びそうになる。ヤバいクスリやると、あんな感じなのかなあ。なんか、アッチもそうなんだけど、雪也の匂いでもスイッチ入るんだよな」

「俺の匂い、ですか」

「体臭かな。シャワー浴びた後の匂いもそうだし。抱きしめられてると、頭ン中、ぼうっとする感じ。俺がどうのこうの言うけど、あんただってフェロモンダダ漏れだよ」

何となく、今までの女たちにもそんなことを言われたような気がする。夏川兄妹の色気は同性のみに有効らしいが、雪也のものは女性の他に映にも効いたようだ。

「なあ、雪也。今日は俺の誕生日、祝ってくれんだろ」

キラキラと光る甘えた猫のような目が雪也を強烈に誘惑する。その媚態はあまりに凄《すさ》まじく、雪也は強力な麻酔をかけられたように理性がたちまち眠りに落ちるのを感じる。

「今夜は、意地悪しないで。俺が気持ちいいことだけしてよ」

その甘美な囁《ささや》きは、すべての男を奴隷にする魔性の響きを含んでいた。

＊＊＊

寝室に啜《すす》り泣《な》くような嬌声《きょうせい》と濡《ぬ》れた音が響いている。

プレゼントに贈った薔薇の花弁の散ったシーツの上で、半分脱げかけた着物を乱して、映は上気した頬を震わせている。

「気持ちいいですか……映さん」

「うん、いい……めっちゃいいよ。最高」

雪也は映の前を頬張りながら、ローションで濡れた指で後ろをゆっくりと解《ほぐ》している。

すでに雪也との交合に慣れている体はさほど長く準備を必要とはしないのだが、今夜はすべて映の望み通りにしようと決めている。

（少し前まで、男のもんしゃぶるなんて、絶対に考えられなかったよな……）

過去の自分が、今の有り様を見たら何と言うだろうか。恐らく、死んだほうがマシだと本気で殺しにかかってくるだろう。

けれど、今の雪也は、もはや映の陰茎を口にしているだけで、下腹部を痛いほどに膨らませている。自分とは比較にならないほど可愛らしいものを口中に含み、優しく先端を吸い上げ、割れ目を舌先でくすぐり、幹を唇で愛撫しながら、下の膨らみを手の中で甘く転がしてやる。

純粋な愛おしい気持ちがこみ上げ、次々にあふれる先走りも甘露としか思えないほどに美味い。尻の中に埋めた四本の指で、丁寧に前立腺《ぜんりつせん》の膨らみを撫《な》でてやると、前が面白いほど連動して硬くなるのが可愛らしい。

「たくさん、漏れてますよ……そろそろ、イきそうですか」

「ん、うん……、すげえ、気持ちいい……出ちまいそう……」

汗の浮いた薄い胸を上下させて、薔薇色に頬を染め、赤い唇を震わせて恍惚《こうこつ》としている表情が、ゾッとするほど美しい。

「どうしますか。このまま出しますか」

「ん……、雪也に入れられて、出したいな」

その言葉だけで、貧血になって倒れそうなほど、陰茎に血流が集中する。

わかりました、と短く応じ、雪也はベルトを外してファスナーを下げ、押さえつけられていたものをようやく解放する。

青い筋を浮かせていきり立つそれにローションをこれでもかと塗り、すでに蕩《とろ》けて潤んだ粘膜を覗かせているそこに押し当てる。その間もじりじりと炙《あぶ》られるような焦燥感が全身を焼いている。

「じゃあ、入れますよ」

「うん……来て……」

映の脚を大きく抱え上げ、正常位の体勢で、ゆっくりとペニスを押し込んでゆく。

「ふあっ……」

大きな先端がぐちゅりと呑《の》み込《こ》まれた直後、映は大きく震えて、射精した。激しく噴き出した精液はその頬にまで飛び散り、火照《ほて》った肌に白い彩りが鮮やかだ。

その瞬間に、映の肌からむわっとこもるような甘い香りが立ち上り、雪也の鼻孔を靄《もや》のように濡らす。嗅《か》ぎ慣れたはずの映のそのフェロモンは、いつでも雪也の本能を直撃し、揺すぶり、体を燃え立たせ、男根をますます大きく反り返らせる。

「あ……、はあ……、やっぱ、すごい……いぃ……」

射精の快感にうっとりと開いている唇に、たまらず食らいつく。そのまま腰を沈め、そのはらわたの曲がり角に、丸い亀頭《きとう》をずっぷりとはめ込む。途端に、映の全身が、射精の瞬間のように痙攣《けいれん》する。毛穴から一気に汗を噴き、甘い匂いは更に濃厚に雪也を搦め捕り、その脳髄まで染み渡ってゆく。

「うぅ、ふう、ふう……、ふぁ、あ……、いい、ヤバい……」

「奥……本当に、好きですね……」

「うん、好き、好き……たくさん、ズボズボして……奥、グリグリして……」

舌を絡め合いながら、濡れた声で懇願される。幼くはしたない口調に、頭が煮える。

「もちろん、いいですよ……今日は映さんの誕生日ですから……あなたが好きなだけ、してあげますよ……」

映の望み通り、最奥《さいおう》のみずみずしく弾力のある媚肉《びにく》を、握りこぶしのような亀頭でこね回してやる。ぐっちゅぐっちゅというこもって濡れた音が響き、映の声が一段高くなる。

「あ、はあ……ひあ……あぅ、あ、いぃ……いい……」

「気持ちいいですか……これはどうですか……」

軽く突き上げてみると、映は陶然とした顔で小刻みに頷く。

「んう、ふうぅ、あっ、あ、い、い、す、ごいっ、あ、あ」

次第に雪也の方がこらえきれなくなり、腰の動きが大きくなる。じゅぼっ、じゅぼっと大きな音とともにローションが飛び散り、ベッドが激しく軋《きし》む音と、だんだん悲鳴じみてくる映の声が合わさって、二人は獣じみた動きで交わり合う。

「うあっ、あ、はあ、あ、ひ、ひぅっ、う、あ、ああっ」

「こんなにされて、気持ちいいなんて……あなたは本当に、淫乱ですね……」

絶え間なく腰を叩《たた》きつけながら、雪也は無我夢中で映を抱き締め、花のような唇をきつく吸う。絶頂に震えてわななく舌を強引に絡ませながら、こぼれる唾液《だえき》も逃さないというようにすべてを吸い尽くす。

「こんな風に抱いて、いいんですか……誕生日だから、優しくしてあげましょうか……」

今にも暴走してしまいそうな欲望を抑えて囁くと、映はふるふると首を横に振る。

「いい、優しく、しないで……、ひどくして、いい……」

「だって、今夜は、気持ちいいことだけして、って……」

「いつもより、ひどくして……ひどく抱いて……何も、考えられなくして……」

そのみだらな誘惑に目眩《めまい》を覚えながら、雪也はふと頭に浮かんだ疑念を思わず口にする。

「何か、忘れたいんですか……誕生日にあった、何かを……」

恍惚に細められていた目が、うっすらと開く。黒い夜のような瞳は雪也を映し、無垢《むく》な少年のように罪のない表情で微笑む。

「何もないから……雪也で埋めて欲しいんだ……あんたの記憶で、今日をいっぱいにして……」

揺蕩《たゆた》うような、掠《かす》れた声。その甘い魅惑に、雪也は抗《あらが》えず引きずり込まれる。何かを、隠されている。そう感じるのに、その恐ろしいほどの原始的な力に敗北する。

（いつでもそうだ……俺は、多分永遠にこの人には勝てない……）

暴きたい。すべてを知りたい。何もかも自分のものにしたい。そう渇望しているのに、それはいつでも巧みな媚態のヴェールでするりと隠され、掴みかけたものは指の合間からすり抜ける。

雪也は火だるまのようになった頭で、激しく映を抱く。

「あっ、あっ、いい、あ、ひぃ、あ、はあ、あ、ゆき、や、あ、ぁ」

媚薬のような声音《こわね》が耳を犯す。心臓の音が全身に響くほど、荒波のような興奮が雪也を襲う。

「く、あ、はあ、あ、映さん、映さん……」

背中に爪《つめ》を立てられている。貪欲《どんよく》に男根をぎゅうぎゅうと締め付ける腸壁に、気が遠のきかける。名器としか言いようのない体。男を骨抜きにする甘いフェロモン。罪悪と思えるほどのその手管《てくだ》。

自分はとんでもない男に捕まってしまったのだ、と何度感じたことだろう。もう戻れない。戻れるわけがない。

　彼の欲望も、秘密も、狡《ずる》さも、何もかもを、愛してしまっているのだから。

「あぁ、うあ、は、あっ、ぁ、ひぃ、いぃぃ、ああ、は……」

　映の好きな最奥をこれでもかとどちゅどちゅと重く突き上げ、抉《えぐ》ってやると、汗みずくになった体はわなわなと震え、細かな瞼《まぶた》の痙攣の裏で目は虚空《こくう》を見つめ、開きっぱなしの口からは唾液が伝う。

　この絶頂に飛んだ表情が、雪也の心臓を鷲摑《わしづか》みにするほどに凄艶《せいえん》で、目の前が真っ白になるほど興奮状態になってしまう。

「映さん、いいんですか……、俺も、一度出しますね……もう、こらえきれないんで……」

「は、あ……、ぁ……、雪也、の……」

　いつもは中で出すなと拒絶するのに、今夜は言わない。甘い声で名前を呼ばれて、雪也は低く呻《うめ》きながら、映の最奥に精をほとばしらせる。

「ひうぅ、う……ふあ……」

　泣き出しそうな悲鳴を上げてぶるりと震え、ピュル、と勢いよく透明な潮を噴く。うっとりと上気した映の顔中を舐め回しながら、雪也は熱い息を吐き、未《いま》だ萎《な》えずに反り返るものでうねる粘膜を掻き回す。

その夜は、映の望み通り、何度も失神するほどに抱き潰《つぶ》した。映は一度もやめてとは言わず、ただ泣きながら絶頂に飛び続けた。

ようやく熱気が収まった頃には、プレゼントに買ったはずの薔薇は無残な状態になっていたが、ベッドに死んだように横になっている映は、どんな種類の花よりも香りたち、美しかった。

依頼人

数日後、美月《みつき》は依頼人である友人、長尾《ながお》ひかりを連れて事務所へやって来た。

ひかりは少しだけ美月よりも背が低く、ベリーショートにほとんど化粧っ気のない顔に、デニムとカットソーにジャケットというラフな服装で、一見少年かと見まごうような出《い》で立《た》ちである。アクセサリーもほとんど身につけておらず、左手の薬指にはまったシンプルな指輪だけだ。美月は五センチほどのヒールを履いていて映《あきら》とほぼ変わらない背丈だが、三人並ぶと奇妙なことに最も男に見えるのがひかりだった。

「初めまして。あの、変な依頼なのに、受けていただいてありがとうございます」

ソファを勧められて腰を下ろすと、ひかりは気まずそうに言って映と雪也《ゆきや》に頭を下げた。声は若干低く、やや不器用そうな口調である。

「いえ、全然変じゃありませんよ。浮気調査なんていちばん多い依頼のひとつですから」

「あの……そういうことじゃなくて」

どうやら、女同士の色恋沙汰《いろこいざた》ということを気にしているらしい。映は妹の美月にも自分が同性愛者であることを告げていないので、こちらがその点に関して何ら偏見を抱いていないのがわかっていないのだろう。

「ええと、こういった調査では旦那《だんな》さんの浮気相手が男だったり、その逆もあったりしますので、まったく普通の依頼と変わりありません。どうかお気になさらないでください」

「え……、そうなんですか」

ひかりは目を丸くしている。

「あの、本当は迷ったんです。友達のお兄さんとはいえ、こういうこと話すのってやっぱり抵抗あるっていうか」

「大丈夫ですよ。全然珍しいことでもないですから」

俺もそうだし、と心の中で付け加え、映は営業用のスマイルを浮かべ、それを見た美月は笑いをこらえている。

映の対応にホッとした様子で、ひかりは少しだけ緊張を解いた表情になった。けれどまだ気になることがあるのか、言いにくそうに口を開く。

「あの、それと、料金のことなんですけど……どのくらいかかるものなんでしょう」

「それは調査内容によります。要は何時間張り込みをするか、何日続けるかですから、もしも長尾さんが対象の方のスケジュールを把握して、ピンポイントに時間と期限を絞ることができれば、その分お安くなりますよ」

映は丁寧に説明しながら見積もりを出す。美月の友人ということもあるがまだ学生の身分なので、そんなに高い金額は出せないであろうことも鑑《かんが》みての金額だ。

「これなら大丈夫です。彼女の大体のスケジュールは把握していると思いますし」

「そうですか。まあ、こういった浮気調査はさほど時間はかからないかと思いますよ。現場を押さえて証拠を撮ればいいわけですし、行動を予《あらかじ》めこちらが知っていれば尚更《なおさら》短期で済むと思います」

「あーちゃん、すごーい。ちゃんと探偵してるんだね」

茶々を入れる美月を軽く睨《にら》むと、わざとらしく舌を出す。

「ただ、もしかすると時間がかかってしまうかもしれないケースとしては、浮気ではなかった場合で……悪魔の証明と呼ばれることもありますが」

「絶対に浮気です！」

ひかりは突然声を上げる。皆が驚いて場が静まり返ったのに気づいて、すぐに「すみません」と謝るが、その震える肩からは興奮が治まっていないことが見てとれる。

「……浮気と思う理由は何でしょう」

「優奈《ゆうな》は……変わりました。浮気じゃないはずがないんです」

ぽつりぽつりとひかりは話し始める。

彼女の恋人である東《あずま》優奈は二十七歳。ひかりの五つ歳上《としうえ》の、中学校までニューヨークにいた帰国子女。現在は六本木にある外資系ＩＴ企業に勤めるキャリアウーマンで、ひかりがバイトをしている新宿のバーで知り合ったのだという。

「ナンパされたんです。でも、私の方が一目惚《ひとめぼ》れでした。こんなカッコイイ女いるんだ、って思って」

「そうそう、すごいカッコイイよね、優奈さん。ハッキリしてる性格もそうだけど、めちゃくちゃスタイルよくてパンツスーツがよく似合って、ストレートの黒髪ロングで、赤い口紅が決まっててさ」

「美月がそう言うなら確かだね。あんた、外見には厳しいし」

ひかりは少しだけ笑った。事務所に来てからずっと固い顔をしていたので、笑顔になるとガラリと可愛《かわい》らしい印象に変わるのが面白い。

元々地味な顔立ちで化粧をしていないので男の子のように見えるものの、いかようにも変えられるタイプの造作だと映は思う。やや目と目の間隔が離れていて丸顔なので、やり方次第でかなり化ける気がする。

自分自身女装でメイクをすることもあるので、あれやこれやと脳内でシミュレーションをしてしまう映である。もっとも、彼女は絶対にそれを望まないだろうけれど。

「二年間付き合いました。こんなに続いたことってなくて……恥ずかしいんですけど、本当に夢中で。今、必死で英語勉強してるんです。二人で同性婚の認められてる海外に行って一緒に暮らそうって、わりと本気で話し合ってたから」

その話しぶりから、ひかりの切実な愛情が伝わってくる。パッと見では恋愛の得意そうなタイプではない。ボーイッシュな格好をしていることから、内面は男性なのかもしれないが、それを主張するというよりは、より自然体でいたいという素朴な性格の表れのような気がする。

「でも……この七月辺りからかな。様子がおかしくなって。少しよそよそしいな、何かあったのかなって最初は心配する程度だったんですけど、だんだん会ってもくれなくなってきて……」

ひかりの顔が怒りに青ざめる。薄い唇を噛《か》み締《し》め、一度重い息を吐き、掠《かす》れた声で言葉を継ぐ。

「誰か他にいるのって聞いても、絶対に違うって言うんです。だけどそれ以外に考えられない。いきなり態度が変わったんですよ？　今まで外でだって手を繋《つな》ぐくらいはしてたのに、それも嫌がるようになって……今仕事が忙しくて疲れてるからって、せっかくの夏休みなのにほとんど会えなかったんです。ほんと、あり得ない」

「……なるほど」

ずっとひかりが喋《しゃべ》るのに任せていた映が、ようやく口を開く。

「それで、長尾さんご自身は、東さんの身辺を探ろうとしたことは？」

「もちろん、あります。携帯はロックがかかってて無理だけど、手帳を見たり、仕事場から後をつけたり……」

「誰かと会っている気配は？」

「それが全然……手帳にも仕事以外のことは書かれてなくて。頭のいい人だし、見られるようなところにあからさまな証拠なんか残さないのはわかってたんですけどね」

「調べ始めたのは、異変に気づいた七月辺りからですか？」

「いいえ、実際行動に移したのは八月からです。だけど、夏休み中でも私もバイトがあるし、毎日追跡できるわけでもなくて……一時期ノイローゼみたいになって、体調まで崩して長々と寝込んだりもしちゃって」

「それで、探偵に頼もうと思ったんですね」

ひかりは頷《うなず》き、一息に話しきって疲れたのか、ぐったりとソファの背もたれに倒れた。

「いっそ誰かいるんだったらすぐに諦《あきら》められます。だってあんなに愛してくれてたんだから、それがなくなったってことは本当に私への気持ちがなくなったんだと思うから。辛いけど、現実見なきゃ前に進めないと思って……」

「そうですか……わかりました」

ひかりの決意は固いようだ。すでに悩み過ぎて心身に差《さ》し障《さわ》りが出ているのだから、本当に限界なのだろう。

「一応、こういったご依頼の調査の前にはお聞きするんです。もしもあなたにとって辛い結果になっても、大丈夫ですか、とね。でも、長尾さんはとっくにその覚悟ができているんですね」

「もちろんです」

顔色は悪いが、はっきりとした口調でひかりは答える。

「むしろ、こんな状態が続くことの方が耐えられない。心も体もだめになりそうで……だから、お願いします。どうか突き止めてください」

映は頷き、調査を進めることにした。ひかりが現在把握している東優奈のスケジュールを確認し、張り込みの計画を立てる。彼女自身が追跡しても何も見つけられなかったということは、優奈の方もひかりの日常を調べた上で行動しているのかもしれない。

ひかりの家庭環境はさほど裕福というわけではなく、両親は一般企業に共働き、姉が一人いてすでに結婚し子どももいるという。だから海外に行くための資金を自分で作ろうとほぼ毎日バイトに励んでいるらしいが、その目的の相方である恋人に不穏な気配があるので、バイトも続けていくかどうか迷っているらしい。

調査する時期はまだひかりが追跡できていない時間帯に絞り、とりあえずは現場を押さえるまで張り込みを続けることにする。

「何だか、随分思い詰めてましたねえ」

美月とひかりが帰った後、雪也は映に緑茶を差し出しながら苦笑している。

「学生で探偵雇おうなんて、よっぽどですすよ。彼女、本当に一途《いちず》なんですね」

「そうだな。美月にあんなタイプの友達がいるとは思わなかったわ」

「あんなタイプって？　同性愛者ということですか」

「いや、そうじゃなくてさ。重そうっつーか、融通利かなそうっつーか。美月の奴《やつ》は反対に何でもあっさりしてるんだよな。執着しないし、見切りつけんのも早いし、昔っからなんかババアくせえっつーか」

「口が悪いですよ、映さん。俺には美月さんがそうなるのもわかる気がしますけどね」

は？　と首を傾《かし》げてまったくわからないという顔をしている映に、雪也は肩を竦《すく》める。

「だって天才と秀才の兄でしょう。もしも自分が普通程度の才能しかない凡人で、上にそんな二人がいたら、そりゃ子どもの頃から色々と諦めもつきますよ」

「いや、でもあいつ要領はいいんだよ。ただ興味ないことには全然熱心じゃねえし、その興味自体もあんまりないらしいし。達観してるっていうのかなあ」

「要領がいいのはやはり映さんの妹ですね。まあ、あの長尾さんは自分とは違っているからこそ面白いと思ったんじゃないですか？　見たところかなり気の置けない間柄だと思いましたよ」

そうだな、と映は呟《つぶや》き、少し遠い目になる。

「何か……違う気がすんだよなあ」

「え、何がですか」

「いや、相手の女がさ。東優奈だっけ。他に相手がいるとか浮気してるとか……話に聞いてる性格と噛み合わねえっつうか」

「ああ。俺もちょっとそれは思いました」

　雪也も映の疑念に同意する。

「彼女の方からナンパして、二年間、かなり情熱的な間柄だったみたいですよね。それが急によそよそしくなって、あまり会ってくれなくなった……確かにこれは浮気に思えますが、東さんの人物像と曖昧《あいまい》な態度が一致しないんですよね」

　ひかりは優奈を「カッコイイ女」と言った。美月も「ハッキリしてる性格」と言っている。自己主張の強い国で育ち、外資系企業のキャリアウーマン。そんな彼女が、もしも他に心を移したのだとしたら、そんな曖昧な口上ではぐらかしてばかりいるだろうか。

「俺的には正直、単純な浮気であって欲しいんだけどな～。何だかそうもいかなそうで、今から気が重いわ……」

「まあ、でも、恋愛に関してはまた違う感じになる女性なのかもしれないですよ。あと、二年間も付き合って、あの通りかなり一途な子ですし、なかなか言い出せないとか」

「そうであって欲しいと思う、心から。あの子には悪いけどさ。学生さんに払える範囲の料金で終わらせてえよ……」

映は嘆きながらテーブルに突っ伏す。この面倒くさそうだという予想は大体当たるのだ。

どうしてここのところ簡単な依頼が来ないのだろうか。日々存在感を増してゆくトラブル体質の威力に、我ながら呆《あき》れ果《は》てると同時にもうそろそろ許してくださいとひれ伏したい気持ちの映であった。

＊＊＊

後に長尾ひかりに送ってもらった東優奈の写真は、美月も言う通り、かなりスタイルのよいクールな美人で、ダーティ・ワークをＢＧＭに颯爽《さっそう》と歩いているような、キャリアウーマンそのものの外見である。

「雪也、こういう女はどう？」

「どうって。美人だと思いますけど。日本より外国でモテそうな顔立ちですよね」

「ああ、確かに。化粧が若干濃いしシャドウが強いのがあっちの人たちが描くアジアンビューティーっぽいよな」

優奈の肌は地黒なのか焼いたのか、健康的な小麦色をしている。目が切れ長で頬骨《ほおぼね》が高く、唇が豊かなのも、日本でもてはやされる可愛らしいタイプというより、どちらかといえばハリウッド映画などに出ているアジア人女優のような印象だ。

六本木の会社の出入り口の真ん前にあるカフェで対象を待っている二人は、ずっとこんな調子で写真を見て雑談《たあい》していている。いつでも視界には東優奈を捉《とら》えられるよう気を配りつつ、目立たぬよう他愛もない会話を楽しんでいるポーズをとらなくてはならない。

「あんたの好み的には？」

「ちょっと色気が足りませんかね」

「色気あるじゃん。すごい積極的に攻めてきそう」

「そういう色気じゃないんですよ。もっとこう、滲《にじ》み出《で》るものっていうか醸《かも》し出《だ》すっていうか。匂《にお》い……ですかね」

「写真に無理言うなよ」

「まあでも世間的には魅力的な女性でしょう、誰から見ても。ちょっと日本人男性からすると気が強そうに思えて腰が引けるかもしれませんが」

「美月もこの人も微妙って、あんたの好み、レベル高過ぎねえか」

「……自分で言ってて恥ずかしくないですか？」

「は？　何でだよ」

張り込みを開始して一時間。東優奈が出てくるのを確認し、二人は視線を合わせて立ち上がる。

張り込みの際にはいつものことだが、映は目立つ和装ではなく、周りに紛れやすい格好をしている。今回はオフィス街なので二人ともオーソドックスなスーツ姿で、顔を目立たせぬようメガネをかけている。傍目《はため》には、同じ会社の先輩と後輩という印象かもしれない。

優奈は実物も写真の通りの美人で、グレーのパンツスーツがこれ以上ないほど似合っているが、どこか顔色が優れない。

長い黒髪をなびかせながら早足で歩き、すぐに通りでタクシーを拾う。映たちも慌ててタクシーを停《と》めて、あの車を追いかけてくださいと頼む。

彼女を乗せたタクシーはそのまま十五分ほど走り、料亭の前で停まった。迷うことなく店の中へ入っていき、どうも会員制の場所らしいのを見て取って、映たちは大人しく外で惣菜《そうざい》パンを水で流し込みながら張り込みを続ける。

二時間後、優奈はほろ酔いの顔をした年配の会社役員らしき男と一緒に出てきた。男に頭を下げ、どうぞ今後ともよろしくお願い申し上げます、と丁寧なやり取りをしている。

その会話からして、今夜は商談のための席だったようだ。特に色っぽい素振りもなく、完全にビジネスの対応を終え、優奈は再びタクシーに乗った。一応その後を追跡するが、時間も時間で、当然向かった先は自宅のマンションである。

「今日は何もなかったな……」

「そうですね。しかし、彼女の顔色もあまりよくないように見えましたが」

映たちはそのままタクシーで汐留《しおどめ》に向かった。調査一日目は収穫なし。こういう件はざらにある。ひかりが予め彼女のスケジュールを教えてくれていなければ、それこそ朝から晩まで張り付く日々だったことを思えば、楽なものだ。

「顔色は確かによくなかったな。化粧のノリが悪いとかそういう感じでもなかったし」

「会社で何かあったんでしょうかね。それとも、やっぱりプライベートか」

「ま、このまま張り込めばそのうちわかる」

写真の東優奈からは自信や精力が感じられたが、今日観察した彼女には覇気《はき》がなかった。ただたまたま体調が悪かったのかもしれないし、仕事でうまくいかないことがあったのかもしれない。

様々な可能性を考えつつ、当面はとにかく現場を押さえることに集中しなくては、と体力温存のために、その日の報告書を書いて風呂《ふろ》に入った後はすぐに寝た。

さすがに張り込みの期間は雪也も手を出してこないのがありがたい、と猛獣に背中から抱きつかれながら思う。時々不用意に怒らせてしまってお仕置きされることもあるが、この前のように夜通し泣かされることはないだろう。

（美月め……どういう流れで俺の誕生日なんか教えやがったんだよ）

雪也はドサクサに紛れて、誕生日に何か思い出があるのか聞き出そうとするし、それを誤魔化《ごまか》すためにいつも以上にひどい抱き方をされる羽目《はめ》になるし。

(雪也の奴、マジでしつこいな……一度気になったら意地でも答え聞き出そうとしやがる)

誰にでも話したくないことはある。自分一人の胸にしまっておきたいことがある。けれど、この男にはそういった理屈が通用しない。映さんのことなら何でも知りたい、すべてを自分のものにしたいと愛情を盾にして詰め寄ってくる。

息苦しさのあまり、咄嗟《とっさ》に逃げ出したくなると同時に、この執着を喜んでいる自分も確かに存在するのだ。ここまで執拗《しつよう》に求める男ならば、自分をおいそれと捨てはしないだろうと安心している。

そして、映がこの先、自《みずか》ら胸の内にある秘密を雪也に明かすことはない。あれは『呪《のろ》い』なのだ。口に出してはいけないこと。何重にも封印して閉じ込めてあるものを、自分で暴くことなどあり得ない。

(雪也も大概だけど、俺もだな……お似合いってことで、しつこいのも我慢すっか……)

きっとそのうち忘れてくれる——ことは有り得ないだろうが、この男を繋ぎ止めるのに必要ならば仕方がない。

そう諦めて、今夜はひとまず安らかな眠りにつく映であった。

＊＊＊

そして東優奈の動向を張り込むこと二日目、意外にもすぐに事態は転がった。

優奈は昨日と同じように会社を出た後タクシーに乗り、今度は銀座のホテルに向かった。ロビーで人を待っているようだがあからさまに様子がおかしい。

今日は昨日にも増して顔色が悪く、落ち着きがなかった。それを取《と》り繕《つくろ》うこともできないほどに、心に余裕がないのがわかる表情だ。

今日はよほど難しい商談相手が来るのかと思いきや、数分後、彼女に話しかけたのは、ビジネスマンには到底見えない相手である。

スーツではなくスキニーパンツにスニーカー、デニムジャケットと、かなりラフな格好をしている。こんなかしこまったホテルに来るにはややカジュアル過ぎるようにも見える外見だ。

顔を見れば、かなり若い男である。恐らくまだ学生だろう。髪も染めておらずピアスもしていない、白い肌のままの清潔感のある風貌《ふうぼう》ではある。

「浮気相手……という顔ではなさそうですね」

「当たり前だ。顔見りゃ力関係なんざすぐわかる」

ロビー中央の大きな花瓶の陰から二人を観察しつつ、小声で話し合う。昨日から曇っていた優奈の顔は、ますます生気をなくして表情が消えている。反対に、若い男の方は生き生きとして楽しげだ。

角度が変わってその顔の造作がはっきりと見て取れるようになると、映は内心「お」と思った。

男はかなり整った顔をしていたのだ。白い細面《ほそおもて》に涼しげな奥二重《おくぶたえ》の瞳《ひとみ》。形のいい鼻にみずみずしい肌。赤い唇は薄く口角が上がっていて可愛らしい。

（結構可愛い顔してやがる……好みだわ）

もちろん声には出さない。だが、何となく隣の男のまとう空気が冷たくなるのを感じて、映はゾッと寒気を覚え、それを紛らわすように小さく咳払《せきばら》いをする。

二人はそのままフロントで鍵《かぎ》を受け取り、上階の部屋へと消えていった。その様子を袖《そで》の下に隠した小型カメラで捉えながら、しかし単純な浮気現場というわけでもないのは明白で、これをどうしたものかと考える。

「何つうか……これって脅しじゃねえの」

「俺にもそう見えます。彼女、何か弱みを握られているんじゃないでしょうか」

「そうだよなあ。第一、相手男だし。こりゃやっぱ浮気じゃねえな……あの男、どういう繋がりなんだか」

二人は一時間半ほどでロビーに戻ってくる。優奈はもはや顔面蒼白《そうはく》といった表情で、男の方はいよいよ浮かれている。あまりにも明確なその対比に、ホテルの部屋で何が行われたのかはわからずとも、それが著《いちじる》しく優奈の精神を擦り減らしていることが窺《うかが》えた。

彼女の様子がおかしくなった原因は確実にこの若い男だ。一応、浮気相手らしき男を確認したため、今後の仕事は、優奈ではなくこの男の素性を明かす調査の方に重きを置くことになる。

二人はホテルを出た男を尾行する。彼は上機嫌のまま自宅らしき立派な家に戻り、そのまま寝たようだった。

翌日から優奈の張り込みと男の張り込みに分かれ、映は男の大学、バイト先を把握。接触しやすいバイト仲間に聞き込みをして、素性を確認する。

男の名前は須藤《すどう》翔馬《しょうま》。福堂《ふくどう》大学文学部二年生の二十歳。軽音のサークルに所属しており、ギター担当。居酒屋でバイトをする他はサークル活動に勤《いそ》しんでいる。恋人は現在はいない様子だ。

張り込みを続けたところ、優奈と会うのは週に一度。彼女の勤務後に銀座のホテルのロビーで落ち合い、上の部屋で二時間弱をともに過ごしている。

この男が何らかの形で東優奈を脅していることは明白で、その原因は一体何なのか。

「どうしますか、この男をもっと調べますか」

ひかりは写真を含めた報告書から目を上げて、困惑した様子で映を見た。

二週間後の報告として、今までの調査でわかった内容を事務所でひかりに説明する。これまでも逐一連絡はしていたが、今が一区切り、という場面になっていた。

そしてやはりひかりの隣には美月がいる。よほど仲がいいらしい。

「それじゃ、浮気じゃないって言うんですか。一緒にホテルで過ごしてるっていうのに」

「これは我々の主観ですが、どう見ても愛《いと》しい人と会うという顔ではありませんでした。今にも倒れるんじゃないかと思うくらいの顔色で、笑顔は一度も見ていませんよ。張り込みをしている最中、ずっと悩んでいるような表情をしていました。浮気ときめつけるのは、少し早計かと」

「そう……」ひかりは独り言のように呟く。「相手、男だもんな。男なんか、優奈が好きなわけ……」

どう判断したらよいのかわからない様子で、彼女は黙り込んでしまう。二週間前には絶対に浮気だと息巻いていたのだから、この調査結果には戸惑っているのだろう。

「優奈、何で好きでもない奴と一緒にいるんだろう」

「そりゃ、やっぱり何かで脅されてるんじゃない」

美月が若干憤《いきどお》りを含んだ顔で口を挟む。

「優奈さんに脅される弱みなんかないと思うけど、そうでもなきゃあんなに気の強い人が男の言いなりになんかなるはずないよ」

「弱み……」

ひかりはふと、何も見えていないような目をして顔を上げた。

「もしかして、私のことかな」

「え、ひかりのって……どうして」

「だって、優奈の家ってすごいお金持ちなんだよ。エリート一家。優奈が今勤めてる会社ってお父さんが役員やってるの。昔ニューヨークの本社に勤めてて、それで優奈も中学まで向こうにいたんだ」

「家族にカミングアウト、してないんだ」

「してない」

ひかりはため息のように声を落とす。

「時々その話、してたんだ。優奈、お父さんから会社の部下と付き合わないかって見合いみたいなの勧められてて困ってる、って。弟さんも今大学三年だけど同じ会社に内定決まってて、昔から優秀だった優奈のこと尊敬してるんだって。可愛い弟だって言ってた。私だって家族に言えてないのに、優奈なんかもっと言えないんじゃないかな」

映は自分のことのようにウンウン頷きながら聞いてしまう。ずっと張り込みを続けていて辛そうな顔を見ていたせいか、境遇の似通った部分からか、気づけば東優奈には親身になって同情を傾けてしまっているようだ。

　セクシャリティの話は身内になればなるほど言えないだろう。今日初めて会った他人に打ち明ける方がずっと楽だ。家族に将来を期待されればされるほど、その信頼を裏切ることが怖くなる。

「でも、それにしたってひどい話よ」

　美月は怒りに興奮している。

「七月から様子がおかしくて、それで今までって、もう三ヵ月も続いてるってことでしょ。この須藤って奴、いつまで優奈さんにそんなことするつもりなんだろう。それって結構恨みがなきゃできないことじゃないの」

「優奈が大学生の男に恨まれるなんて……考えられない。接点ないし」

「そうだよね」美月も頷いている。「日中は会社で仕事だし、その後はひかりと会ったりしてるだけで、他に大学生と知り合う機会なんてないはずだよ」

「あ……ちょっと待って」

　急に、ひかりがハッとした顔で手元の報告書を捲《めく》る。

「今思い出した。こいつの大学……もしかして、優奈の弟も通ってるところかも」

「え、本当ですか」

「福堂大学って、高田馬場《たかだのばば》ですよね。優奈、弟さんと待ち合わせするとき、大学の最寄りの駅に行ってあげてたときもあって……それが高田馬場駅だったから。名前も福堂……だった気がする」

　思わぬところで、男と優奈を繋ぐ線が見えてきた。映は内心興奮して質問する。

「東さんの弟さんは今三年生なんですよね。名前はわかりますか」

「あ、はい。隼人《はやと》君です」

「須藤は二年生だから、同じ大学なら出会いはサークルかな……」

「多分そうだよ。学年が違ってずっと関わるのサークルくらいだし」

　美月も次第に明らかになってきた状況に高ぶっているのか、声を弾ませている。そして、いいことを思いついたというように目を輝かせてテーブルの上に身を乗り出してきた。

「ね、あーちゃん。この先の調査、私も協力させてよ」

「はあ？　いや、いきなりどうした」

「バイト代なしでいいから。それで、ちょっと調査費まけてくれない？」

「待って、何勝手なこと言ってんだよ、美月」

　これにはひかりが慌てて言葉を挟む。

「そんなことまであんたにさせらんないよ。だったら私がやるから」

「ひかりはだめでしょ、何かでバレたらどうすんの？　私なら全然無関係だし、あーちゃんだって使いやすいだろうし」

「いやいや、話進めんなって。大体お前雇ってどうすんだ」

「だって私、現役女子大生だよ？　大学生のことなら私の方が調べやすくない？」

「そんなの俺だってまだまだイケるわ。大体こっちは大学生どころか……」

ポン、と雪也に肩に手を置かれ、はたと我に返る。危うく制服を着て学園潜入したことを自《みずか》らばらしてしまうところだった。

美月は頑《かたく》なな映の態度にも諦めない。

「あーちゃんはまだ大学生に見えるかもしれないけど、いつもは白松《しらまつ》さんと調査してるんでしょ？　さすがに白松さんが構内うろついてたら目立つもん。私なら大丈夫じゃん。二人で調査した方が時間も短くて済むんだし」

「そりゃそうかもしんねえけど、俺とお前じゃ兄妹《きょうだい》だって誰だってわかるぞ」

「わかっちゃだめなの？　私はサバ読んで大学一年とかにすれば、あーちゃんがその上の学年ってことでおかしくないよ」

「いやいや、そもそも素人《しろうと》のお前をいきなり聞き込みに協力させるなんて無茶だっつーの」

「まあ、いいんじゃないですか、映さん」

おもむろに雪也が美月に助け舟を出す。

「映さんだって美月さんの年頃には三池《みいけ》さんの事務所で探偵のバイトをしていたんでしょう？　だったら何もおかしくないじゃないですか」

「え、いや、だって……依頼人の友人を調査に加えるなんてさ……」

「あーちゃんって変なとこで頭固いよね！　守って欲しい常識は全然守んないくせにさあ」

「確かにその通りです。映さんはもう少し世間のルールを知るべきです」

「ええ……。何だこの流れ……」

最近このパターンが出来上がりつつある気がして、映は面白くない。映がごねて、雪也が宥《なだ》めて丸く治める。まるで自分が理不尽なワガママを言って拗《す》ねているような立ち位置になっているではないか。

不安げにやり取りを見守っていたひかりは、ヒートアップする会話の中に怖々と入ってくる。

「美月、本当にやるの。私、あんたにそんなことして欲しくないよ」

「違うよ、ひかり。やりたいのは私」

友人を安心させるように、美月は柔らかな微笑を浮かべる。

「ひかりのためももちろんあるけど、探偵の仕事ってどんなのか興味あったの。あーちゃんの事務所に初めて来たのもついこの前だし……どういう仕事するのか、ずっと知りたかったから」

「あのなあ、社会科見学じゃあるまいし……」

「まだ拒むの？　何、妹には教えられないようなことでもしてるってこと？」

　これには二人揃《そろ》ってどきりとする映と雪也である。クラブで犯されかけたりヤクザに拉《ら》致《ち》されたり、更には学園に潜入したり、しかもそこで行為に及んだりなどということは絶対に教えられないことだ。

「いや、そんなんじゃねえけどさ……」

「じゃあいいじゃない。聞き込みとかするんでしょ？　ノウハウは教えてよ。そしたらきちんと仕事するから！」

　もうすでに俄然《がぜん》やる気になっている美月に呆気《あっけ》にとられ、これ以上拒絶する言葉が出てこない。

（おいおい……何でこんなことになっちまったんだよ……）

　美月が事務所にまでやって来たことにも驚いたが、まさか調査にまで参加することになるとは思わなかった。家を出てからもう六年、ずっと家族とは接触を絶ってきたというのに、雪也と出会ってからというもの、急展開といえる速さで家の人間との関わりが増えてゆく。

　すべてのしがらみから自由になりたくて家を出たのに、いつの間にか搦め捕られ引き戻されていくような錯覚。けれど、ふしぎなことに以前ほどの苦痛は感じていない。

（何が変わったんだろう。俺が変わったのか？　それとも、雪也がいるからなのか？）

純粋に年月が経《た》ったせいもあるのかもしれない。長い時が過ぎたにもかかわらず、まったく忘れられない、風化しない記憶もあるというのに。

「あっ！」

「わ、びっくりした！　いきなり何、あーちゃん」

咄嗟にある可能性に気づき、映は前のめりになって美月を凝視した。

「いいか、美月。アニキにはお前が探偵の仕事手伝うことになったとか、絶対に言うんじゃねえぞ」

「え……、ああ、そうね。わかってる」

美月も何かを察した顔で深く頷く。そのやり取りの意味がわからず、雪也はキョトンとして二人を見比べた。

「どうしてですか。夏川《なつかわ》に知られるとまずいことでも？」

「確実に自分も調査に加わるって言い出すからだよ」

ああ、と雪也は納得した顔で頷く。

「美月さんが参加しているなら、自分もと思うでしょうね。以前も手伝いたいと言っていましたし……」

「絶対にめんどくせえことになる。アニキなんかがくっついてきたらうるさくて調査どころじゃねえよ」

「そうですね。普段は常識人なんですが、映さんといるとちょっと手に負えませんね」

「……美月のもう一人のお兄さんって、何か怖い人なの？」

評判だけ聞いてどんな想像をしているのか青ざめているひかりに、美月は「見た目だけは一応普通」と残酷なことを言っている。

「あの、ところで、長尾さん」

随分話が本筋から外れてしまったので、それを戻すように、映はひかりに真面目《まじめ》な顔で向き合い、改まった口調で問いかける。

「引き続き調査をするということで話が進んでしまっていますが、それでよろしいんですか？　東さんと会っている須藤という男の周辺を探っていくことになりますが」

「はい、お願いします」

ひかりは覚悟を決めた様子で頷く。

「今、優奈にその男のことを問《と》い質《ただ》したって、何も答えないと思います。そいつがどうして優奈を脅しているのか、優奈の弟とどういう関わりがあるのか……そういうこと全部把握してから話し合わないと、絶対喋らない」

「でももし本当に脅迫だったら立派な犯罪じゃない？　すぐにでも優奈さんと相談して、

警察行ったほうがいいのかも」

「だめだよ。今私がどんなに聞いてもはぐらかしてばかりだから、もう逃げられないくらい証拠集めなくちゃ、これまで通り、一人で抱え込んだまま。優奈が警察に行くって判断してたら自分でとっくに行ってる。自分を犠牲にしても耐えてるんだから、よっぽどあいつにとって辛いことなんだ。簡単に喋るはずないよ」

そう言いながら、ひかりも苦痛をこらえるような表情をしている。熱愛している恋人に隠し事をされるのも悲しいが、やはり優奈自身が受けている苦しみを思って、耐え難い気持ちになっているのだろう。

そのとき、ひかりははっとした顔で腕時計を見る。慌ててバッグを摑《つか》んで立ち上がる彼女に、隣の美月は目を丸くしている。

「やだ、どうしたの」

「バイト！　ヤバい、遅れそう」

ひかりは映に向かって「すみません、今日はこれで失礼します」と頭を下げ、転がるように事務所を出ていった。

その後ろ姿をぽかんと見送った美月は、「置いてかれちゃった」と呟いた後、何事もなかったかのようにのんびりと紅茶を飲んでいる。

「美月、お前の予定は？」

「今日は大丈夫。夕飯までには帰るけど」

「っていうか、長尾さん最後ドタバタしてたけど、調査続行ってことでいいんだよな」

「うん、そういうことでしょ。ひかり、はっきり言ってたじゃない」

　もうすっかり我が家にいるような感覚でくつろいでいる美月。このままソファでうたた寝でもしそうな勢いで脚を投げ出している。一応、目の前には兄だけでなく、ついこの前会ったばかりの男もいるのだが。

　拓也《たくや》といい、美月といい、なぜこうも居心地良さげに居座るのか。あまりこの場所でたむろするようになって欲しくはないのだが、もう来るなと言っても聞くような連中でないのは確かだ。

「美月は東さんと何回も会ってるのか」

「うん、そうだね。ひかりと付き合い始めてから何回か三人でご飯行ったりしてるし」

「へえ。なんか随分、こう、責任感の強い人みたいだな」

　美月は右耳のピアスをいじりながら「うーん」と唸《うな》る。

「彼女、いつもひかりのバイト先であの子が終わるの待ってるから、私結構会って話してるんだけど、すごく物事はっきり言うし、自分にも他人にも厳しい感じ。責任感、確かに強いのかも。完璧《かんぺき》主義で、恥ずかしいとことか弱みとか、絶対人に見せたくないんだろうなってタイプ」

それで、カッコイイ女、という表現になるわけか、と映は優奈の頑ななプライドを少し気の毒に思う。誰にも相談できずにズルズルと須藤の言いなりになっているのなら、確かに中途半端な情報で説得したところで、内心を打ち明けてくれそうにもない。

「つうかお前、本当にうちでバイトする気か?」

「当たり前でしょ。スルーしないでちゃんと集合場所とか教えてよね。じゃないとお兄ちゃんに言っちゃうから」

果たしてこれ以上の脅し文句があるだろうか。

映は己《おのれ》の無力さを感じて項垂《うなだ》れた。

＊＊＊

「何で美月まで探偵やることになっちまったんだ……」

マンションに帰ってからも引き続き映は途方に暮れている。

今夜のメニューはビーフシチュー。映にホワイトがいい～とごねられたが、牛肉に合う赤ワインを買ったので、今日はどうしてもこちらにしたかった。料理を作る者の特権は、自分の食べたいものが作れることである。

「このまま夏川まで加われば、まさに『夏川探偵事務所』ですね」

「やめろ！　マジでそうなりそうで怖いから！」

映は本当に実の兄が苦手である。どうしてそこまで、と思うものの、拓也の異常なブラコンぶりを見ているので理解はできる。あれに四六時中張り付かれてはたまらないだろう。

雪也は何杯目かの赤ワインをグラスに注ぎながら、一人で飲む寂しさに、つい映に訊《たず》ねてみる。

「映さん、もうお酒は飲まないんですか？」

「何言ってんだ、飲まねえよ。弱いの知ってんだろ」

「だって、この前は自分から飲んだじゃありませんか」

誕生日の夜のことを口にすると、映は少しだけ笑った。

「あの日は特別。もう飲まない」

「そうですか……残念です。すごく可愛かったのに」

「俺はいつでも可愛いだろ」

「もっと特別な可愛さでした」

馬鹿《ばか》だな、と笑う映の表情が愛おしい。何度抱いても、いつも新鮮な何かをその度に発見する。そして、自分はまだまだ彼を知らない、もっと探らなくては、と喉《のど》が渇くような欲望を覚えるのだ。

「映さんが飲んでくれないなら、飲ませてください」

「……はあ？」

映は顔をしかめて小首を傾げる。

「器《うつわ》になれって感じ？　俺パイパンだからワカメ酒とか無理よ」

「……どうしてそう発想がオッサンなんですか。違いますよ、口移しです」

ああ、そっちね、と何でもないことのように頷いて、スプーンをテーブルに置き、雪也の方へ歩み寄る。慣れた仕草で雪也の膝《ひざ》の上に乗り、自らグラスを持ってワインを口に含む。そのまま雪也と唇を合わせると、舌を使って器用にこちらへ液体を流し込む。

(慣れてるな……これは、パトロンにでも覚えさせられたのか)

映には雪也と出会う前、複数のパトロンがついていた。その出資者たちのお陰で、閑古鳥が鳴いていた事務所も維持できたし、稼ぎもないのに上等なマンションに住んでいたのだ。家を出てから映が生活レベルを落とさずに標準以上の暮らしができていたのは、彼の探偵の腕がよかったからではなく、パトロンを転がすのが上手《うま》かったからなのである。

そう考えると、彼らと手を切らせて一度は自分のものにしたと思って消えていた嫉妬《しっと》の炎が再びメラメラと滾《たぎ》り始める。今も映の体は男たちに教えられた経験を忘れていない。

「上手ですね……映さん」

「なあ、あんまりやってると酔っちまうから、水飲みたいんだけど」

「だめですよ、まだ」

その同じ男とは思えぬ細腰をがっちりと摑み、「もう一度ください」とねだる。

映はすぐに雪也の中で何かが起きたことを察したのだろう。諦めた顔をして言われるままに再びワインを口に含む。

そして先程と同じように雪也に口移しにしようとすると、その顎《あご》をいきなり摑まれ、深く唇を合わせてきた。

「んうっ、ん……っ」

驚いて仰《の》け反《ぞ》ろうとするが、雪也は離れない。赤ワインは唇からあふれて互いの服の生地にこぼれ、薄赤い染みを作る。

「ちょ、おい……、何、してんだ」

「あなたのやり方があまりに上手いので、頭にきて」

「あ、あのな。やれって言ったのあんたじゃん」

多少飲んでしまったのか、映の顔が赤い。潤んだ瞳に体が熱くなる。

「服……汚れちまっただろうが」

「では汚れないように最初からこうしましょう」

雪也は映の着物の合わせ目を大きく開き、白い胸を剝《む》き出《だ》しにする。そして今度は自らグラスを傾け、映に口移しに飲ませようとする。

「や、あ……、の、飲まないって、言って、んっ、う」

拒絶する映の口をこじ開け無理やり舌を押し込めば、案の定赤ワインはこぼれて映の細い顎を伝い、首筋を濡《ぬ》らし、胸元まで落ちてゆく。

雪也はその赤い軌跡を唇と舌で追いながら、露《あらわ》になった胸の果実に甘く吸いつく。

「んっ、は、ぁ……」

「ワインより……こちらの方が、美味《おい》しいかもしれませんね」

「ば、馬鹿、アルコールと比べ、ん、ふうっ」

ぢゅ、と音を立ててきつく吸い上げれば、たちまち乳頭は硬くしこって形を成し、胸元からは甘美な発情の香りが漂い始める。右手でもう片方の乳首を愛撫《あいぶ》しながら、左手で着物の裾《すそ》が乱れて露になった太ももを撫《な》で回《まわ》す。

「映さん……胸、気持ちいいですか」

「んう、ふ、う……、あ、あんたが、いじるから……」

「いいんですよね。勃起《ぼっき》してるし」

股間《こかん》の膨らみにはまだ少しも触れていないのに、胸を刺激しているだけで、そこは張り詰め、着物の下から存在を主張している。

アルコールのせいもあるのか、映の体は早くも熱くなり、白い肌が桃色に染まり汗ばんでいる。雪也から逃れようと体をくねらせているのか、熱くなった股間を擦《こす》り付《つ》けようと

しているのかわからない動きで身悶《みもだ》えている。

雪也もたまらなくなって、テーブルの上のオリーブオイルを手に取り、着物をたくし上げ下着を脇《わき》へ避《よ》けて、そこへ濡れた指を押し込む。

「あうぅっ、んう、ふ、あ、あぁ」

映の口から一層甲高い声が上がる。雪也は映の震える胸に吸い付いたまま、荒い息をして、すでに柔らかな場所を揉《も》みほぐす。

雪也がこのまま最後までしようとしていることを遅まきながら悟り、映は啜《すす》り泣《な》くような声で嫌だと訴える。

「な、何で、ここまで……、まだ、食事中っ……」

「だから、食事をとっているんですよ。何よりも美味しいものをね」

「お、オヤジはどっちだ、馬鹿っ……」

口の悪いのを叱《しか》りつけるように乳頭を甘嚙《あまが》みすると、「ひっ」と掠れた悲鳴を上げ、映の背筋が痙攣《けいれん》する。股間はますます硬くなり、やはり映は多少痛みを感じたほうが快感なのだと、雪也の口角が上がる。

中に入れた指をバラバラに動かしたり、くるみのような膨らみをこね回したりしながら乳首を舐《な》め回すと、映は面白いように反応し、ビクビクと震えて雪也の肩に爪《つめ》を食い込ませる。

「やあ、あ、だ、だめ……、で、出ちゃう、やばい、からっ……」

「もうイきそうなんですか？　早いですね」

「だ、だって、雪也、胸、しつこい……」

達する直前の苦しげな表情に、雪也は指を抜き、そのまま自分のいきり立ったものにオイルを塗って、椅子《いす》に座ったまま対面座位の状態で挿入する。体の重みであっという間に奥までぐぽりと押し込むと、映の体は弓のようにしなって打ち震えた。

「んうぅ、あ、はあっ……」

じわ、と下腹の湿るような感覚。下着の中で漏らしたものの温《ぬく》もりが、雪也の肌にまで伝わってくる。

射精の瞬間にぎゅうっと締め付けられ、その後もゆるく蠕動《ぜんどう》する媚肉《びにく》の蠢《うごめ》きに陶然としながら、雪也は映の胸を吸いつつ、腰をじわじわと動かし始める。

「ん……、ふ、んぅ……、そ、そこ、まだ、吸うのかよ……」

「ええ……美味しいですからね……食事中ですので」

「あ、あんたばっかり、食ってんじゃねえか」

映の抗議に、雪也は笑って答える。

「映さんだって食べてるじゃないですか。下のお口で」

「言うと思った！」

じゃあ、しながら飲み食いしましょうか、と提案し、二人は繋がりながら、肉を食べ、パンを齧《かじ》り、ワインを飲んだ。

映はあれだけ飲みたくないと言っていたワインも、途中からどうでもよくなったのか、雪也に口移しにされると素直に嚥下《えんか》する。酔ってフラフラと回る丸い頭が可愛らしい。もう、映に関してはどんな姿を見ても愛らしく思えてしまうのが重症だった。

「あんたと、暮らしてると……何だか、何してても、セックスしてるような気分になる」

雪也に両手で尻《しり》を強く揉まれながら、映は甘い声を上げて奥の粘膜でペニスを味わう。

「何か、食べててもこれだし……風呂も、寝るときも……事務所で仕事してたって、あんたとヤッてる」

「あなたと繋がっていない場所をなくしたいんですよ」

ワインを飲ませた後の舌を執拗に吸いながら、雪也は囁《ささや》く。

「あなたの日常の記憶がすべて俺で埋まるように……あなたと暮らすすべての場所で、行く先々で、セックスしたい」

「それ、どんな拷問だよ……」

「好きなくせに」

ずちゅずちゅと最奥《さいおう》に太い亀頭《きとう》をはめ込んで揺すぶってやると、映は眉間《みけん》を絞って仰《あお》のき、掠れた悲鳴を上げる。わなわなと震える赤い唇は濡れて輝き、汗に光る火照《ほて》った肌は例えようもなく美しい。

快楽に潤んだ瞳が見つめているのは自分だけなのだと思うと、雪也の男根はますます硬くみなぎり、いつまでも終わりが見えないほど昂《たか》ぶってしまう。

「あなたは、罪な人ですよ、映さん……」

本当に、どこまで自分を惚《ほ》れさせれば気が済むのかと腹立たしくすらある。

「あなたがどんな秘密を持っていようと……あなたを手放す気はありませんから……」

映はすでにほとんど雪也の声が聞こえていない。絶え間なく続く絶頂の波間で揺れ動いている。蜜《みつ》のように甘く重い香気にのぼせながら、雪也は映の口を吸い、延々と愛を囁き続けた。

そう、秘密があろうとなかろうと関係ない。それはいずれ秘密ではなくなる。いつか必ず暴いてやる。嫌がろうと逃げられようと、そんなことに構いはしない。

雪也はすでに深刻な中毒症状に陥っている。醸し出されるものすべてを呑《の》み込《こ》まなければ我慢できない。映が自ら明かしてくれないのなら、それは自分が刈り取りに行くしかないのだ。

そんな相棒の昏《くら》い胸の内を知ってか知らずか、映は与えられる快楽に酔《よ》い痴《し》れ、いつもに増してなまめかしい声で喘《あえ》いでいる。この人の魅惑は体だけでなく、声までも男を獣にするような魔力を孕《はら》んでいる、と興奮に霞《かす》んだ頭で考える。匂いも、声も、感触も、男の五感すべてをみだらに刺激する恐ろしい魔物だ。

並の人間では相手にならない。本能的に危機感を覚えた者は逃げ去るだろう。それが賢明だ。きっと食い荒らされて骨も残らないだろうから。こちらも相手のすべてを食らうつもりでなければ抱き合えない。

「やっ、あう、あ、だ、だめぇ、あっ、雪也、あ、そこっ……」

「だめじゃないでしょ、好きなんでしょ……、ほら、ほら」

尻を両手で鷲掴《わしづか》みにし、乱暴に揉みながら奥深くまでぐぽぐぽとハメ込むと、粘膜は引きつったように激しく蠢き、映は面白いように痙攣して泣き叫んだ。

「ひいっ、い、あ、や、あ、あ、あぁ」

掠れた甘い悲鳴を上げ、雪也にしがみつきながら何度目かの精をこぼす。射精の瞬間は万力で締め付けられるように中が窄《すぼ》まり、奥歯を噛み締めてこらえる。映の中はいつでも男の精を搾り取るようにうねっていて、女と比べるのもナンセンスだが、快楽の度合いがあまりに違う。普通の男ならば立て続けに何度も搾り取られて、もう出ないと泣きを入れることだろう。

「あ……、はぁ……雪也ぁ……」

「気持ちいいですか、映さん……」

「ん……、いい……、すげえ、やばい……」

快感でトロトロに蕩《とろ》けた表情に、たまらず強く抱き締めてその唇を貪《むさぼ》る。クチュクチュと音を立てて舌を絡め、唾液《だえき》を啜り、深くまで唇を合わせれば、際限なく互いの肉体は高まってゆく。

「もっとちょうだい、もっと……」

「いいですよ……あなたが満足するまで、いくらでも」

疲れを知らない体は映という極上の体に煽《あお》られて更に逞《たくま》しく欲望がみなぎってゆく。テーブルの上の料理はすでに冷めきっているのに、二人は熱くなるばかりだ。

数え切れないほどの絶頂を迎えた後、やがて映は糸の切れた人形のように、ぐったりと雪也の胸にもたれる。着物は体液でぐちゃぐちゃだ。

意識を失ったとき特有の重くしなだれかかる感触が好きだとはさすがに本人には言えない。けれど、このときが唯一、すべてを自分に預けてくれているような気がして、雪也は少年のようにときめいてしまうのだ。

ずっとこの時間が続けばいいのにと、情事の後の気怠さに浸りながら考える。

雪也は両腕で子どもを抱くように細い体を優しく抱き締めた。

「愛してます……映さん」

聞こえていなくても、言い続ける。口にしなければ、胸が詰まって息ができなくなる。

言葉以上の感情がこの胸に巣食っていることを、この愛しい人は知らないのだろう。けれどそれでいい。もしも胸の内すべてを見られてしまえば、自由を愛する恋人はきっとこの腕から逃げ出してしまうのだろうから。

兄妹探偵《きょうだい》

　爽《さわ》やかな秋晴れの昼下がり。夏川《なつかわ》兄妹は、福堂《ふくどう》大学のキャンパスにまんまと紛れ込んでいた。

「あーちゃん、大学生でもイケるのはわかってたけどさあ」

「何だよ。どっかおかしいか」

「いや……何か、下手《へた》するとそれ高校生かなって」

　学食でランチを食べつつ兄を観察していた美月《みつき》の顔には、呆《あき》れと賞賛の混じったような微妙な笑みが浮かんでいる。

　映《あきら》は少しでも大学生感が出るようにと、張り込んでいたときに見た須藤《すどう》が着ていたようなカジュアルを目指し、ステンカラーコートの下にパーカーを着て、スキニーパンツとスニーカー、そして地方から上京した学生感を出すため若干野暮《やぼ》ったい黒縁のメガネをかけている。細かい演出にまで凝ったのに高校生とはどういうことだ。

「こうこうせい……？　嘘《うそ》だろ。お前から見てもか。私服なのに？」

「うん。パッと見、予備校通いの高校生」

はっきりと言われてかなりショックを受ける。以前若作りをしてクラブ潜入を企《くわだ》てたときにも、未成年に見えると雪也《ゆきや》に指摘されたものの、それは雪也が歳上《としうえ》だからそう見えるだけだと思っていた。しかし今度は歳下の妹からも言われてしまい愕然《がくぜん》とする。

「な、何でだ……実際の学生参考にしたのに」

「あーちゃんかなり童顔なんだから、大人っぽい服装してようやく大学生になれるんじゃない？　普段着物でわかんないけど」

「お前だって似たり寄ったりな顔だろうが」

「女はいいんだよ、化粧っていう必殺技あるからね。やり方次第で年齢操作ある程度できるもの」

じゃあ自分も女装すればよかったか、と秘《ひそ》かに思うが、やはりこれも美月には内緒にしておきたい領域である。

「で……あのボーダーシャツの子、全然動かないね。このまま見てるだけでいいの？」

「おい、指差すなよ。張ってること気づかれたらおしまいだかんな」

「それくらいわかってるわよう」

二人の視界の端に座っているのは、東《あずま》優奈《ゆうな》と会っていた須藤《すどう》翔馬《しょうま》である。

もう三十分ほどは学食のテーブルに一人ぽつんと座っているが、向かいの二つの席には自分のバッグやマフラーを置いていることから、後から来る友人のために席取りをしていたものと思われる。しかし先に食事をしていればいいものを、ただそこに座っているだけなのが、今混雑が最高潮な学食では少し奇妙で目立っている。

それにしても気になるのはその表情だ。優奈と会っているときにはあんなにも生き生きと輝いていたのに、今はまるで別人のようにしょげ返り、元気がない。映も見惚《みと》れた美しい顔が台無しだ、と思うものの、影のある美青年というのもこれはこれでいい。

「ね、誰か来たよ。カップルじゃない、あれ」

ぼうっと不埒《ふらち》なことを考えていると美月に須藤の待ち人が来たらしいことを教えられる。

須藤の前に座ったのは確かにカップルに見える男女で、男は短めの茶髪をワックスで立てて、ネックレスやブレスレットなどゴテゴテしたものをつけ、いかにも快活そうな大きな声で笑っている。男に寄り添う女の方は驚くほど細い。髪はかなり明るい金髪で、不健康なほど白い肌に赤い口紅、真っ赤な革ジャンとかなり奇抜な出で立《い》ち《た》である。

「あれか、軽音サークルのメンツかもな」

「あー、確かにそんな感じする。就活の時期なんて、特に女の方別人になりそうだよね」

「ジャンル間違いなくロックだろ。しかし趣味悪い服だな～」

「メタルかもよ。男の方、感じからしてきっとボーカルじゃない？　あんまいい声じゃないけど」

好き放題に印象を述べ合っていると、須藤は男に何か言われて席を立ち、どこかへ歩いていく。それとなく目で追っていると、券売機で食券を買い、カウンターで料理を受け取り、テーブルに戻る。それを男の前に置き、再びカウンターで料理を受け取る。

受け取って運ぶことを三度繰り返し、須藤はようやくランチにありつけたようだ。

「……何だあれ。パシリじゃん」

「あーちゃん、本当にあいつが優奈さん言いなりにしてんの？　ヒエラルキーめっちゃ低そうなんだけど」

あからさまな上下関係を目の当《ま》たりにして二人は呆気《あっけ》にとられた。明らかに顎《あご》で使われている。一体どういう間柄なのだろう。

すると、急に茶髪の男が怒り出した。

「おい、味噌《みそ》ラーメンなのに何で唐辛子《とうがらし》かけねえんだよ、馬鹿《ばか》か」

「す、すんません、東さん」

そのやり取りが耳に入ったとき、映と美月は息を止める。

「マジで無能だな～須藤は。親子揃《そろ》ってダメダメじゃね？」

「隼人《はやと》ォ、あんまり言っちゃ可哀想《かわいそう》だよ」

「だってこいつが間抜けなんだから仕方ねえじゃん。な？　須藤」

「すんません……今、取ってきます」

須藤はまるで男の奴隷のように何度も頭を下げ、再び席を離れる。

茶髪の男はなんと件《くだん》の東隼人だった。しかもこのやり取りで、一気に須藤翔馬と東隼人の力関係がわかってしまったのだ。

「恨みっつーのは……多分これだな」

「親のこと言ってた。それも何か関係ありそうじゃない？」

二人が小声で囁《ささや》き交わし色めき立っていると、ふいに映の隣の席でうどんを啜《すす》っていた学生が何か迷惑そうに声を上げる。

「え、何なんですか？」

「だから、そこの席替わってくんね？」

「いや、僕まだ食べてる途中……」

「今そっち空いたじゃん。悪いけど移動して」

気弱そうな学生はブツブツ言いながらも、トレイを持って立ち上がる。代わりにどっこいしょと座ってきたのはやたら大柄な男だ。秋なのに全身から真夏を感じさせる勢いで肌が黒い。後ろに立っている男たちもやたらとムキムキしていて、筋肉から発散される熱量で一気に空気が暑苦しくなる。そしてどういうわけか、先程の学生の他にも、映たちの周りに座っていた学生たちが、気づけばさあっと引き潮のように消えている。

「さっきからさ、可愛《かわい》いなあと思って見てたんだよね」

「へ？」

「初めて見るけど、新入生？　こんな時期になるまで見つけらんなかったなんて悔しいな」

思わず美月と目を合わせるが、隣の男は明らかに映の方を見ている。まさか女装もしていないのに女と勘違いしているのだろうか。

「あ、あの、俺、男ですけど」

「わかってるって！　あ、メガネ取っちゃお」

え、と声を上げるのと同時に、黒縁メガネを取られ、映は驚きに目を丸くする。

「やベー！　やっぱめちゃくちゃ可愛いじゃん」

「今年の女は不作だったけど、こんな隠れた上玉がいたんすねえ」

ヒュ～ウと男たちが口笛を吹いて一斉にファスナーを下げそうなほど盛り上がるのをぽかんとして見ていると、急に美月がバン！　とテーブルを叩《たた》いて立ち上がる。筋肉軍団は初めて美月の存在に気づいたというように、鳩《はと》が豆鉄砲を食らったような顔をしている。

「あの！　この人私の彼氏なんで！」

「えっ」

「行こ、あーちゃん！」

美月の鬼気迫る表情に男たちが唖然《あぜん》としている隙《すき》を突いて、食べかけの定食もそのままに、映は妹に腕を引っ張られてその場を脱出した。

「何だったんだ、あのムキムキたちは……」

「周りの学生皆いなくなってたよ。多分悪名高い連中」

足早にキャンパスを横切りながら、映はまだぼんやりとしている。美月はプリプリと怒ったまま、映の腕を摑《つか》む指に力を込める。

「それにしても、あーちゃんが変なのホイホイするの相変わらずだね」

「悪ィ……最近これどんどんひどくなってんだ」

「っていうか何で私じゃなくてあーちゃん目当てなわけ？　ほんと納得いかない。顔似てるなら女の方がよくない⁉」

「どうどう、落ち着け落ち着け」

「落ち着かない！　あーちゃんもあーちゃんよ、あんな大人しくメガネ取られちゃってさ。気づいたら服まで脱がされてるわよ、あんなんじゃ」

さすがにそこまでは、と言い返したかったが、そういえば言われた通りのことが過去にあったので、口をつぐむ映である。

食堂を出て中庭まで出てくると、ベンチに二人で腰を下ろし、ようやく美月は手を離す。怒りはようやく治まったようだが、今度はしょげ返って肩を落とした。

「あーあ。私、そんなに魅力ないかな」

「美月はやっぱもっと遊んだ方がいいんじゃねえの。色気欲しいんだろ」

「色気、ね。そりゃもう私だって大人だし欲しいけど、あーちゃんみたいに変なの引き寄せる色気はいらない」

「ぐうの音《ね》も出ねえわ」

何となくこれ以上この内容を喋《しゃべ》り続けると美月が暴走しそうな気がして、映は仕事の件に話を戻す。

「しかし、運よく須藤と優奈さんの因果関係見えてきたな。後は須藤の家庭環境洗うか」

「そっちも周辺に聞き込み？」

「基本はな。ひとまず軽音サークルのメンツ調べて、あの二人の関係にもっと突っ込む。サークルに入りたいって言えば色々聞けるだろ」

ふと気づけば、美月はじっと映の顔を見ている。

「何だよ。何かついてるか」

「何かあーちゃんが聞き込みに行くとまた面倒になりそうだから、私が行くよ」

「えっ。お前一人でか？」

「うん。でも任せて。私、女受けはいいんだから。女の子の方がペラペラよく喋るでしょ」

「いや、でもな……さすがに聞き込みの素人《しろうと》がいきなりじゃ」

「プロが来たら面倒なことになるっつってんの」

妙にドスの利いた声を出されて、ハイ、と情けなく項垂《うなだ》れる。

（何だよ、ちくしょう。ちょっとだけいいところ見せようとしたら、あのムキムキ野郎どもに恥かかされるし……俺、最近だめになる一方じゃねえの）

重荷になりはしないかと心配しながら連れてきた妹に助けられる始末だ。妙なフェロモンとトラブル体質がどんどんパワーアップしているのは、やはりあの番犬のせいとしか思えない。

「ねえ、話変わるけどさ。白松《しらまつ》さんってすごいカッコイイよね」

「え……、な、何だよ、いきなり」

まさしく雪也のことを考えていたときに本名を口にされて、思わず動揺してしまう。

「お兄ちゃんの同級生だって聞いてはいたけど、あんなにイケメンだと思わなかった」

「……美月、ああいうのが好みか？」

「普通に美形だなあって思うよ。滅多《めった》にいないでしょ、あんな背も高くて逞《たくま》しくて顔も整ってて、物腰も落ち着いてて……まあ、好みかって言われれば違うけど」

ふうん、と気のない声で相槌《あいづち》を打ちつつ、美月の高校時代の彼氏を思い出そうと記憶を探るが、ぼんやりとした顔しか出てこない。

「お前の彼氏ってどんなだったっけ」

「普通だよ。超普通。でも彼氏が好みってわけでもないかな。一緒にいるのが日常になっちゃってるだけで」

「そもそも、美月って好みあんのか？　誰でもいいとか言いそう」

「あはは、確かにそうかも。まあ、一応あるっちゃあるけど、ただの理想だしね。現実には求めてない」

　相変わらず枯れてんなあ、と昔と同じ達観したような物言いをする妹をまじまじと眺める。子どもの頃から妙にあっさりとしていて、物事に執着しない質《たち》だった。映も表面的には同じように見えるらしいが、実際は極度の欲しがり屋の寂しがり屋である。

「白松さんと仲よくやってるの？」

「ああ。すごい面倒見いいんだ、あいつ」

　面倒見がよ過ぎて体の方も満足させてもらっている有り様だ。満足以上に疲弊もするが、定期的に男が欲しくなるという欲望は雪也のお陰で鎮められている。ただし、美少年を抱けないのがかなりネックなのだが。

「確かにね。見てるとほんと甲斐甲斐《かいがい》しいもの。まるであーちゃんの奥さんみたい」

「あんなゴツい奥さん嫌だっつーの。俺はもっとこう、小さくて可憐《かれん》で可愛いのが好き」

ただし少年に限る、という注釈は置いておく。美月はへえ、と興味津々の顔をしている。

「あーちゃんの好みって、そんななんだ。初めて聞いたかも」

「あれ、そうだっけ。っていうかお前と恋バナなんかしたことねえじゃん」

「まあ、考えてみればそうか。うちってそういうこと家族で話さない家だもんね」

そう、上品で、優しくて、穏やかな家庭。性に関して過剰に厳しい家でもなかったが、何となくそういう話をするのは憚《はばか》られる空気はあった。

そのために殊更《ことさら》、映は自分が汚く思えて息が詰まった。ここから脱出できたらどんなに楽に呼吸ができるだろうと、いつも夢見ていたのだ。

「だからかな。こうしてあーちゃんと色々話せて、嬉《うれ》しい」

「……そうか?」

「あーちゃんがいなくて寂しかった。もう二度といなくならないで」

いきなり切実な言葉を突きつけられ、映は一瞬沈黙した。

美月とは、約六年ぶりの再会だ。突然事務所を訪ねてこられて、驚きもしたが、確かに嬉しかった。家を出た頃はすべてから自由になった喜びでいっぱいだったが、家を捨てたという後ろめたさと、今後容易に家族に会うことはできなくなるという寂寥《せきりょう》感が後からやって来て、それを努めて忘れようと励みながら生きてきた。

その事実を、拓也《たくや》や美月という兄妹たちに会い、幸福を感じることで思い出す。あれほど疎《うと》ましいと思っていた家というものが、肉親というものが、やはりこの体と心とは切っても切れないものなのだ、と思い知らされたようだった。

（忘れようとしたって、すべてを消せやしない。見ないふりをしたって、それはそこに存在する。そんなこと、知ってるさ）

美月がしなだれかかってきたので、抱きとめる。優しく頭を撫《な》でてやると、仄《ほの》かに甘い、懐かしい匂《にお》いがした。

＊＊＊

「首尾はどうでしたか、あーちゃん」

「だからそれやめろっつーの。嫌なネタ覚えちまったな……」

福堂大学の潜入捜査から直接マンションに戻ろうとすると、雪也が車で近くまで迎えに来てくれる。

「俺は今回役立たずでしたからね。美月さんは上手《うま》くできましたか」

「あいつ、俺よりよっぽど探偵向いてるよ。意外とタラシだわ。女限定みたいだけど」

そういえば前も言ってましたね、と雪也は運転しながら噴き出している。

「そんなに優秀でしたか」

めだけど」

「ああ。何か、須藤の動機とかあらかたわかっちまった。まあ、これから裏取んねえとだ

美月が軽音サークルのメンバーから聞いた話はこうだ。

須藤翔馬の父親は小さな運送会社の社長をやっていて、そこはどうやら東隼人の父親が役員をやっている会社の下請《したう》けのものらしい。

去年、須藤の父親の会社が問題を起こし、契約を切られそうになったのを、隼人の父親の取りなしで何とか首が繋《つな》がったんだとか。

「それで、須藤翔馬は東隼人に頭が上がらないわけですか」

「どうもそうみたいだな。最初は普通の先輩後輩以上に、親の仕事の関係か、親密と言っていいほどの仲だったらしいが、その一件があってから、徐々に隼人の態度が王様化していった。親父《おやじ》にお前の会社助けてやってくれって頼んだのは俺なんだって事あるごとに言っていたらしい」

「一度人を支配する快感を覚えると、なかなか抜け出せないのかもしれませんね。それが普通になって、本人はいじめとも何とも思わなくなってしまう。慣れって怖いものです」

「そのうちに、須藤は恨みを募らせた……美月が話を聞いた学生の話じゃ、かなり煮詰まってたみたいで、そろそろ何かやらかすんじゃないかと周りは秘かに怖がってた」

「でも、それがこの夏にきっと変わったんですね」

「ああ、そう言ってた。夏休みが終わってみたら、人が変わったみたいに、恨み言をこぼさなくなったって。まあ、俺たちが見てる限りじゃ、喜々としていじめられてるわけじゃなかったけどな。それでも以前よりずっと余裕が出たって話」

恐らく、東隼人に復讐《ふくしゅう》するために弱みを探っていた最中、姉の優奈の何かを知ったのだろう。それがひかりの言う通り、彼女のセクシャリティなのかどうかはまだわからないが、これ以上はやはり優奈本人に話を聞かなければわからない。

「何かあったの、って須藤本人に聞いたら、面白いものを見つけて、今はそっちに夢中だから、東先輩のことがそんなに気にならなくなった、と言っていたらしい」

「面白いもの……東優奈ですね」

「まあ、十中八九そうだよな。弟への恨みを姉が受け止めてるんだから、理不尽極まりないぜ」

「これから須藤がどうするのかが謎《なぞ》ですね。ずっと彼女をいじめているだけで満足できるんでしょうか。本当に恨みがあるのは弟の方なのに」

雪也の疑問ももっともだ。須藤が優奈を呼び出して鬱憤《うっぷん》を晴らし、それだけでことは収まるのだろうか。優奈はそう信じているからこそ、黙って耐えているのだろうが……。

それから映たちは大学で摑んだ情報の裏を取り、話に出ていた会社関係のいざこざはすべて事実だと確認した。

それを依頼人の長尾《ながお》ひかりに伝えると、ひかりはそこまでわかれば優奈も話してくれるはず、と仕事帰りの彼女を捕まえてそのまま事務所にやって来た。

「何なの、ひかり。どうしてこんな探偵事務所なんて」

東優奈は怒りの表情を見せているが、その裏には怯《おび》えと困惑が見て取れる。かつて自信に満ちあふれていたであろう彼女の目には、人の機嫌を窺《うかが》うような卑屈な色が滲《にじ》み、手負いの獣のようなヒリついた警戒心が哀れなほど剝《む》き出《だ》しになっている。

「優奈、落ち着いて聞いて。ここ数ヵ月、あんたの様子が変だから、私、あんたが浮気してると思った。他に好きな人ができたんだって」

「だから……それは違うって言ったじゃない！　っていうか、何でここでそんな話」

応接用ソファの向かいには映と雪也が座っている。見も知らぬ他人の前で二人の関係を明かされて、優奈はあきらかに狼狽《ろうばい》していた。

「東さん。大丈夫ですよ。我々はプロですから、依頼人の方から聞いたこと、調査したこと、すべてを決して他言いたしません。事務所の信用問題ですので、そこは安心してください」

「え……、依頼人……」

優奈の顔は青ざめて強張《こわば》り、唇はわなわなと震えている。

「ひかり、あなた探偵に浮気調査を頼んだのね」

「そうだよ。だって優奈が何も教えてくれないんだもん。私は優奈とのこと真剣に考えてるのに、あんたは隠してばっかりで……」

「好きで隠してたわけじゃないわ！」

優奈はもう限界というように高い声で叫ぶ。

「どうして皆私を責めるのよ！　私が何をしたっていうの！」

「東さん。知ってます。あなたは何も悪くない。皆わかっていますよ」

雪也が静かに呼びかけると、優奈は喉《のど》をヒクつかせ、言葉を呑《の》んだ。映は優奈が黙り込んだのを見て、口を開く。

「申し遅れました、夏川探偵事務所所長の夏川です。こちらは助手の如月《きさらぎ》といいます」

遅い自己紹介をして名刺を差し出しつつ、淡々と話しかける。

「我々は長尾さんの依頼であなたの周辺を調査しました。浮気でないことはすぐにわかりました。単刀直入に言いますが、あなたは脅されていますね。須藤翔馬という男に」

優奈は答えない。俯《うつむ》いて微動だにせず、すべてを拒むように瞼《まぶた》を閉じている。

「須藤翔馬は福堂大学二年生。あなたの弟さん、隼人さんの後輩です」

弟の名前を聞くと、少しだけ優奈の肩が揺れる。映は続けた。

「あなた自身と、そしてあなたのお父様が勤務する会社、アマレシア・ジャパン株式会社の下請けのひとつ、エスドー運送の社長は須藤翔馬の父親です。配達員が顧客に暴行するというトラブルを起こしたエスドー運送は、アマレシア・ジャパンに契約を切られそうになった。その際、それを何とか取りなしたのがあなたのお父様で……」

「もう、いいわ」

優奈は顔を上げ、話を遮る。その表情は一転してふしぎと落ち着いている。

「そこまで調べたのね。それなら、もういい」

「優奈……ごめん。私、このくらいしないと、あんたは何も喋ってくれないと思って」

「正解よ、ひかり。あなたが探偵まで雇うとは思わなかった。まだ学生だからって、甘く見てたわね」

「優奈……」

優奈は完全に冷静さを取り戻していた。元々自分を律することに慣れているのだろう。先程の動揺ぶりはすでに微塵《みじん》もない。

「そう。あの男は、ある日私の会社の前に現れて、弟さんのことで話がある、と言ったんです」

彼女は自《みずか》ら今回の件のことを明かし始める。

「どこかおかしな感じだったから、最初は取り合わなかった。そうしたら、彼はいきなり私の腕を引っ張って、耳元に囁いたの。『あなたが女の子と付き合ってると言いふらしてもいいんですか』って」

やはり、脅しのネタはひかりの予想通りだった。ひかりの顔は青ざめ、唇を噛《か》み締《し》めている。想像はできていても、本人の口から語られるのを聞くのは辛いのだろう。

「逆らえなかった。私のせいで、父が、弟が、そしてひかりの生活が壊されるのが怖かった。アマレシアの本社はニューヨークだし、向こうは同性婚もできるから比較的寛容よ。でも、いくら外資系でも、ここは日本。まだ同性愛者は生きづらいし、何より私自身、そういう目で見られるのが嫌だった。だから近い将来、ひかりと日本を出ることを約束していたの」

「ねえ、優奈。私なら平気だよ」

耐えきれなくなったように、ひかりが口を挟む。

「優奈のお父さんだって、まさか娘のプライベートなことで仕事に支障があるとは思えないし、隼人君だって、彼の評価は彼自身のものでしょ。子どものいじめじゃあるまいし、優奈が誰と付き合ってるかが実生活に、しかも会社にそんな影響するはずない。芸能人とか政治家とか、イメージが大事な仕事でもないんだから」

「ええ……きっとそうね。ひかりの言う通り。そう、いまのは言い訳よ。ただ私が怖いの。周囲が私を見る目を変えるのが怖かったの」

優奈は深くため息を落とす。長い黒髪を掻《か》き上《あ》げる長い指にはめられた指輪が、蛍光灯を反射してチカリと光る。ひかりのものと同じデザインだ。

「昔から自分がどういう人間なのかはわかってた。でも、私は見栄《みえ》のために、ずっと男と付き合ってたわ。私に相応《ふさわ》しい、周りも納得するような、見栄えがよくて頭のいい男。好きでも何でもなかったから、ただスペックで選んだの。セックスは苦痛でしかなかったけど、我慢した」

ひかりは恋人が過去に男と付き合っていたことを知らなかったのか、呆気にとられた顔で優奈をただ見つめている。

「だけどそんなの、続くはずもないのよね。私は勉強や仕事の忙しさを理由にして男と別れた。そして、女の子と会うようになったの。人生が変わったわ。何もかも上手くいくようになった。今までだって悪くはなかったけれど、ストレスのせいでベストな成果ではなかったのね。ひかりと出会ってからは、自分に正直でいることの幸せを最も強く感じたわ」

「優奈……私だってそうだよ」

ひかりは感極まって涙目になっている。

「私は大学生になってから初めて恋人ができた。でも、浮気されたの。好きだったのに、裏切られた。そんなことするのって男だけだと思ってたのに、女だって変わらなかった。人間不信になりかけてたときに、優奈と出会った。おかしいよね、あんなに傷ついて、もう恋なんかしないって思ってたのに、優奈をひと目見て、気づいたらもう落ちてるの。本当、笑えるよ」

二人はソファの上で手を重ね合う。ここ数ヵ月のわだかまりが解けたように、情愛深い視線が絡まった。

「そう……私はこの幸せを壊したくなかったの。私が我慢すればすべて今まで通りに守られるんだと思って、あいつに従った。でも……私が馬鹿だった」

優奈は愛おしげにひかりを見つめた後、視線を足元に落とす。

「予想できたはずなのに。あんな脅しを初めに言ってくる奴《やつ》が、それで終わるはずがなかったのに。私はその先を考えてなかった。ただもてあそばれることに耐えればいいと思った。でも、あの男は……私との行為を、裸を、撮影したのよ」

（やっぱり、撮ってたか）

映はため息をつく。ただその行為を楽しむだけではないと思っていた。その先に繋がる切り札を作るため、何かしらのものは残しているだろうと考えていたのだ。

「それからが本当の地獄になった。もうどうにも逃げられなくなった。少し要求に応じて、何か対策を考えようと思っていたの。でもその前にあんなものを撮られて、私は本当の奴隷になった」

ひかりはこの告白を聞いて、しばらく絶句していた。すぐにその顔はみるみるうちに紅潮し、怒りに震えて鬼のように変貌《へんぼう》する。

「ひどい……何て奴……殺してやりたい……！」

「東さん。これは犯罪です。警察に届けるべきかと思いますが」

「絶対にだめ！」

優奈は激しくかぶりを振る。

「こんなこと知られたくないの。警察に行けば家族に何もかもバレる。それだけは嫌。絶対に嫌なの。死んだほうがマシよ」

「ですが、このままでは……」

「そうだよ、優奈！　ずっとあいつの言いなりになるつもり？」

「だって、それしかないじゃない……」

「東さん。これはただの想像ですが……あなたが我慢していても、事態は悪い方へ行くばかりだと思いますよ」

頑《かたく》なな優奈に、映は半ば確信している予想を語る。

「須藤がいちばん恨んでいるのはあなたの弟さんの隼人君です。今はただあなたを相手に楽しんでいるようですが、あいつはいずれあなたの写真を使って、隼人君を脅すことになるでしょう」

「う、嘘……、そんな……」

ハッとした表情で口元を押さえ、優奈は大きく胸を喘《あえ》がせる。

「いいえ、そうね……そうするわ、きっと。私、自分のことだけでギリギリで、何も考えられなくなっていた。考えてみたら、あの写真や映像、ただ自分が楽しむためだけに撮っているなんてあり得ない……。でも、どうしたら……」

ようやく状況を把握し始めた彼女は頭を抱えた。自分が我慢すればいいと精神を擦り減らし、ストレスを抱え過ぎて周りが見えなくなっていたのだ。

しかし写真などを撮られているとすれば厄介《やっかい》だった。データは須藤が持っている上、簡単な操作で世界中に拡散することもできる。昨今問題になっているリベンジポルノというものと同類だ。その卑劣な行為に、多くの人々が泣いている。

映も雪也も、この現状をどうすればよいのかと顔を見合わせる。警察には絶対に行きたくないと彼女が言っている以上、自分たちで何とかするしかない。そもそもこの先は映たちにどうにかできる範囲ではないのだ。

「夜道で一発殴って拉致《らち》して、こちらも脅すとか？」

「ええと……できればそういうヤクザっぽいのはやめたいんだけどな……」

「私がやる」

ひかりの目が据わっている。

「私が何でもやってやる。ナイフで脅して、殺されたくなきゃデータ全部消せって言って、消した後殺してやる」

「ちょ、どっちにしろ殺すんですか、だめですよ！」

「だってそんなド外道《げどう》、どうしようもないじゃねえか！　外道には外道でいかなきゃ何の効果もねえだろ。散々優奈にひどいことしやがって、絶対に許さねえ！」

興奮してすっかり男言葉になっている。このままでは本当に実行しかねない気迫に映も狼狽《うろた》える。

彼女の怒りは当然だ。最愛の恋人がひどい目にあわされたのだから。けれど現代は法治国家で、仇討《あだう》ちは許されない。復讐を果たしても幸福にはなれないのだ。

そのとき、事務所のドアがノックされ、「入るよー」と呑気《のんき》な声の後に美月が入ってきた。

そしてただならぬ雰囲気になっている事務所を見てキョトンとしている。

「あれ？　優奈さんだ。そっか、今日話し合いしてるんだ」

「美月、遅い！　今大変なことになってるんだぞ！」

どうやらひかりは美月に今日の予定を教えていたようだが、美月がそれをどう取ったのか、少し遅れて到着したようだ。優奈は戸惑った顔でひかりを振り向く。

「ひかり、美月ちゃんはどうしてここに……」

「この探偵さん、美月の紹介なんだ。美月のお兄さん」

「え、そうだったの……ああ、そういえば似てるわね」

「申し遅れました。美月の兄の映です」

映は二度目の自己紹介をして頭を下げる。

「美月は調査にも協力してくれた。私が相談できた唯一の相手だから、このことも知る権利がある」

「そうだったのね。……美月ちゃん、迷惑かけてごめんなさい」

「いいえ、そんな……辛い目にあっているのは優奈さんなんですから、謝らないでください」

美月が最初からひかりとの関係を知っているためか、優奈は美月に事情を知られるのを嫌がらない。

映がこれまでの話を説明すると、美月は腕を組んで考え込んだ。

「それって、やっぱり正攻法じゃだめじゃない？　そりゃあの須藤って奴、隼人君にいびられてたわけだし、やり返してやろうって思うのは当然かもしれないけど、それで優奈さんに行くのが本当に許せないよ。やり方だってヒド過ぎる」

「じゃあ、どうするつもりなんだ。私刑はあまり賛成できないが……」

「要するに、データを消させればいいんだよね？　それだと、やっぱり殴って脅したって、最初従うフリで消すかもしれないけど、その後にまた恨みに思って残しておいた方をバラまくとかあり得るし。警察に逮捕させるっていう手段が使えないなら、別の方法で須藤って奴を自分からデータ消させる方向に持っていかなきゃなんだよね」

いやに話が具体的になってきた。今話の流れは警察にも行かず周りにも知られず、須藤にどうやってデータを消させるかということになってきている。自然と頭を寄せ集めてコソコソと議論しているのが、何だか秘密結社っぽい、と映は内心複雑だ。ここは一応、探偵事務所なのだが。

「それ、めちゃくちゃ難しくないか。もう今の時点で相当ネジ曲がった性根の相手を改心させるってことだろ。神様でもなきゃできねえって」

「だから、あーちゃん何かすんごいアイディア出してよ。乗りかかった船でしょ」

「俺がか⁉」

突然の丸投げに思い切り動揺する。

「すんごいアイディアなんかねえよ。むしろ何であると思った」

「だって探偵やってるんでしょ？」

「いやいや、探偵を何だと思ってんだよ！　調査終了後どうするかなんて、俺たちの領分じゃねえぞ」

軽く犯罪まがいのことに引き込まれそうになっている危機感を感じ、思わず線を引こうとする。すると美月は突然悲劇のヒロインのように哀れな声で叫んだ。

「ひどい！　後はか弱い女たちで何とかしろっていうの？」

「ええ……そう言われても……」

いかにも引いた調子で口ごもっていると、ふっと美月の表情が消える。

「お兄ちゃん呼ぶよ」

「は？」

「お兄ちゃん呼んであーちゃんにずっとくっついててもらうよ」

「な……、何だその拷問は⁉」

「白松さんちに一緒に住んでもらうから。お兄ちゃん大喜びで実家出ていくから」

「……それは困りましたね」

雪也の顔は笑いながら若干ひきつっている。自分のマンションにまで寄越されるとは予想外だったのか。

「まあ、いいじゃありませんか、映さん。ここから先は、妹の友人を助ける個人的な行動と思いましょう」

「それって無給じゃねえか！　タダ働きかよ！」

「いいじゃん別に！　可愛い妹を六年も放置したんだから安いくらいでしょ！」

それを言われると、何となく逆らえない。こうなるような予感はあったものの、ここから具体的にどうすればいいかというのは結構な難題だ。ここまで比較的スムーズな調査で進んでこられたが、試練は突然目の前に立ちはだかった。

「アイディアっつってもな……須藤の家に忍び込んでデータ消してくるとか……？」

「リスクが高過ぎますね。それこそプロにでも頼まないと」

「うーん……他の手段があればなあ」

蛇の道は蛇というが、ゲスにゲスで対抗するとなると、やはりそれなりに金もリスクも大きくなる。この先はタダ働きなので、なるべくそういった方法は使いたくないものだ。

（だけど、須藤に自分から進んでデータ消させるなんて無茶だろ……せっかく握った弱みを手放すわけが……）

そのとき、ふとピンと来るものがあった。蛇の道は蛇。

「こっちも弱みを握ればいいんじゃねえか」

「え？　須藤の弱みってこと？」

映は頷《うなず》く。絶対に確実なやり方というわけではないが、警察に行けないとなれば、今のところこれ以上のものが思いつかない。

「よっぽど品行方正に生きてりゃ何も見つかんねえだろうが、須藤はそういう人間でもなさそうだ。探れば何か出てくると思うけどな」

「それはそうかもしれませんが、そういう人間ほど弱みを探られても平然としているんじゃないですか。バレても構わないという具合に」

「確かに。そこはあいつが何を恥と思うかで、弱みが変わってくる。とにかく、東さんのものと相殺《そうさい》できるくらいの秘密じゃなきゃいけねえ」

「あの手の男が何を恥と思うか、ですか……。それを把握するには、まず彼の人となりを調査しないといけませんね」

「あの……」

映と雪也が話し合っていると、怖《お》ず怖《お》ずと優奈が口を開く。

「申し訳ありません、私なんかのために色々と考えてくださって。警察に行きたくないなんて、ワガママを言ったばっかりに」

「ああ。気になさらないでください。妹の頼みですし、今は他に取り掛かっている依頼もありませんから。それに、東さんのお気持ちもよくわかりますので」

ごめんなさい、と優奈は強張った表情で頭を下げる。

「美月ちゃんの心遣いは嬉しいですが、きちんと報酬はお支払いします。探偵さん以上の仕事をしていただくんですから、払わなくちゃ気がすみませんもの」

「優奈さん、いいのよ」

映が答える前に、ずいと美月が身を乗り出す。

「これは兄からの私への六年分の誕生日プレゼントってことにするから。ね、それでいいでしょ、あーちゃん。私も手伝うし」

「はいはい。もう何でもしますよ、妹様」

ここまで来ればもう諦《あきら》めるしかない。探偵として正しくはないが、人助けと割り切って最後まで付き合うことにする。

優奈はすべて告白して気が抜けたこともあったのか、気の強いカッコイイ女、という姿からは打って変わって頼りなげで、ただ「ありがとうございます」と言って泣いた。

秘密の相殺《そうさい》

須藤翔馬《すどうしょうま》の弱みを探ることになった映《あきら》たちは、やはり軽音サークルやバイト先、須藤家の近所で聞き込みを行い、その人物像を把握することにした。

サークルはメンバーと顔なじみとなった美月《みつき》に任せ、ご近所の噂《うわさ》好き主婦にはマダムキラーの雪也《ゆきや》、映は須藤のバイト先でそれぞれ探りを入れる。

「須藤って確かお坊ちゃんなんだよな。親父《おやじ》がどっかの社長らしいし」

和風居酒屋『染次郎《そめじろう》』の池袋店の店長は、開店前に訪ねていき一通りの手順を踏むと、案外すらすらと喋《しゃべ》ってくれた。

前回軽く様子を窺《うかが》ったときにはバイトの子と話をしただけなので、この店長とは初対面になる。店の名前を染め抜いたバンダナを頭に巻いた、働き盛りの四十代半ばといった人物だ。

基本的に聞き込みは探偵であると明らかにして名刺を差し出し、身分を確かにすることで、相手は信用して話してくれる。映はこれまでその場に応じて変装し、潜入捜査などを行ってきたが、最近トラブル体質が変に加速しているのでここは初心に返ってみることにしたのだ。

今回は東優奈《あずまゆうな》の婚約者が彼女の身辺がクリーンなのかを探らせている、という設定で、弟である隼人《はやと》の交友関係を調べて翔馬に行き着いたということにしてある。具体的な名前は出さずに遠回しに事情を話し、喋ってくれそうなら続行という形だ。

「甘やかされて育ったんだろうなあって感じで、最初ホールだったんだけど客から苦情来てさ、キッチンに回したんだよ。本人気づいてないけど、ナチュラルに態度でかいからさ。空気悪くなる。正直、あいつがこのまんまなら、人手が足りてきたら辞めてもらうのも手かなと思ってるよ」

「なるほど、あまり社交的ではないんですね。ここでは友達はいないんでしょうか。あと、彼女とか」

「うん。思い通りにならないと露骨に不機嫌になるし、ブツブツ愚痴も多いんだよね。友達はあまりいないだろう。いつも一人だよ。彼女、いたと思うけど続かないみたいだね。まあ、あの性格じゃな。顔はカッコイイから時々誰かしらいるみたいだけど」

ここに友人がいないのではあまり須藤の詳しい話はわからないだろう。交友関係がないとなると、バイト先ではこれ以上いいネタもなさそうだ。

「最近の彼の様子はどうですか。変わったことは?」

「最近？　そうだなあ、夏休み入った辺りから明るくなったかもな。相変わらず態度でかいし注意するとふてくされるけど、夏休みに家族旅行にも行ったみたいだし、ストレス解消になったんじゃないの」

「ご家族との関係は良好なんですね」

「ああ、そうみたい。でも、聞くと怒るんだよ。大学生にもなってガキだなあと思うんだけど、必要以上に親をけなすんだよな。特に母親。ブスだのデブだの……ありゃまだ思春期なんだな」

　旅行に行くくらいなのだから仲は悪くないはずだ。しかし外で過剰に悪態をつくのは、確かに店長の言う通り精神的に幼いのだろう。

　開店時間がそろそろ近づき、バイトが入ってきたので、映は謝礼を払って引き上げた。

（あんまでかい収穫はなかったな。まあ、想像通り好青年ってわけじゃないらしい）

　それでもあの外見なのだから相手に不自由しているというわけでもなかった。優奈をいたぶっていたのはやはり純粋な復讐《ふくしゅう》心からだろう。今から弟の隼人に写真などを見せることを想像してワクワクしているのに違いない。

　徒労に終わった聞き込みは一層疲れる。事務所に戻って雪也や美月の報告がいいものであることを期待しよう。

（弱みか……俺がもしゲイであることをネタに強請《ゆす》られても、お好きにどうぞ、だな。そのことはもうどうでもいい。家族にバレるのは確かに憂鬱《ゆううつ》だし多大な迷惑をかけるだろうが、俺はもうあの場所を出ている。そこまでダメージはでかくない)

本当の弱みは、決して誰にも見せないものだ。家の中、部屋の中、金庫の中——最も安全な隠し場所は、心の中だ。

他人に話さなければその出来事は存在しない。自分と相手だけの間にある事実。それは秘密ですらないのかもしれない。

(もしも須藤がそこまで厳重にやっちまってると、俺たちは手の出しようがない……まあ、そんなに慎重な奴《やつ》でもなさそうだけど)

事務所に戻ると、しばらくして美月、そして雪也が帰ってきた。

「おう、おかえり。どうだった」

「私の方は特に目新しいことは聞けなかったよ。弱みって言えば東先輩だよね、ってなっちゃってさ」

「まあ、大学じゃそうだろうな。サークルの中では男女関係とかないのか」

「一人付き合った人が同級生にいたみたい。でも、一ヵ月くらいで別れたって。女子って噂回るの早いから、それ以降サークルの中ではあいつとは誰も付き合ってないよ」

「あー。そうだよな。女子の情報網えげつないもんな……」

「何かすごい俺はワルかった自慢するらしいよ。近所じゃ皆俺が歩くと避けて通るし未《いま》だに地元の学校では伝説が残ってる、みたいな。大学生でそれってヤバくない？　せめて高校辺りで卒業して欲しいよね」

美月は辛辣《しんらつ》である。人のことは言えないが口が悪い。

それにしても一ヵ月程度の関係では、その付き合っていた元カノも須藤のことはよく知らないだろう。聞き込みをしても収穫があるかどうか。

「あんたは？　雪也」

「いや……もう疲れました。なぜ主婦という人種はあんなに長い間喋れるんでしょうね……どこで息継ぎをしているのかふしぎになるくらいでしたよ」

どうやらマダムの世間話を死ぬほど聞かされて疲労困憊《ひろうこんぱい》しているようだ。

「ご近所の方の話では、須藤はかなりやんちゃな子どもだったそうです。しょっちゅう他の子を泣かせていて、怪我《けが》をさせたときなんかに謝りに来るのは、いつも父親だったそうで、それがちょっと噂になっていたらしいんですが」

「へえ……。親父さん、社長だろ？　母親は確か専業主婦だったよな」

「それが、母親はかなり一人息子を甘やかしているようで。近所では色々と揉《も》めていてとても評判が悪いそうです。結構な肥満体でいつも分厚い化粧をキメているんだとか。父親の方は一見すると到底社長には見えないほど気弱な男だそうです」

「尻《しり》に敷かれてるってことか……仕事でも家庭でも苦労が絶えない人みたいだな」

「ええ。同情しますよ。須藤は勉強はそこそこできて不良というわけではなかったようですが、とにかくガキ大将がそのまま成長した感じのようで、友達は少なかったそうです」

「それは居酒屋の店長も言ってた。甘やかされてるって。須藤本人は母親をボロクソに言うそうだ。家族旅行には行ってるから非行に走ってるってわけでもなさそうだが」

「家はさすがに社長宅だけあって大きかったですよ。須藤の母親は家事をほとんどしないそうでお手伝いさんを雇っているようなんですが、それも長続きしないらしく、頻繁に人が替わるそうです」

「ほんと、主婦の目は怖いよな。何でそこまで知ってんだって情報喋りまくるもんな……」

人間観察が趣味の映だが、一部の主婦たちの観察眼には負ける、と常日頃から思っている。家の中にでも入ったのかと思うほど、他家の事情を知り抜いていたりするものだ。

「まあ、でも、須藤本人の弱み、みたいなものは聞き出せませんでしたけどね……それより母親の方の悪口で相槌《あいづち》を打つのに疲れましたよ……」

「お疲れさん。やっぱりご近所情報がいちばん詳しかったな。友達がほとんどいねえっつーのが困りもんだけど」

今日集まった情報を整理すると、子どもの頃から甘やかされて精神年齢の低いまま育ち、ワガママで自分を大きく見せようとするガキ大将。友達はおらず彼女はできるが付き合う期間は短い。想像していた人物像と何ら変わりないゲスぶりである。

「何か、こいつの弱みって見つけるの難しそうだよね……」

美月はソファに脚を投げ出して伸びをしている。

「悪いことしたっていうの自慢にしちゃうみたいだし、それじゃ弱みになんないし。反対にいいことしたらそっちの方が恥ずかしがるのかな」

「雨に濡《ぬ》れている子猫を助けたとか？　お年寄りに席を譲ったとか？」

「そうそう、そういうの。まあ、でもそれただのいい人だよね、世間的には……」

今までがトントン拍子に行き過ぎていたので、最初の聞き込みの成果としてはこんなものだろう。交際範囲がかなり狭い須藤の情報を人から聞くのは一苦労だが、地道にやっていくしかない。だが、なるべく早いうちにケリをつけなければ優奈の苦痛が深まるばかりである。

「次はどうしますか」

「そのお手伝いさんに話聞きたいよな。すぐ辞めるってんならひどい労働環境なんだろ。多分ペラペラ喋ってくれると思うし」

「そうですね。毎日来ているそうですから、張って話を聞いてみます」

「私はあいつの元カノに一応話聞いとこうか？」

「おう、頼んだ。けど、バレないように注意しろよ。あんま深入りすんな」

「大丈夫だって。結構上手《うま》くやれるって知ってるでしょ」

「そりゃ、そうだけど。調子乗んなよってこと」

「はいはい、わかってまーす」

ぷくっと頰《ほお》を膨らませる顔が我が妹ながら可愛《かわい》い。いつの間にか事務所に馴染《なじ》みきっていっぱしの仕事をするようになっているのが、ふと不思議な気持ちになる。ここに初めてやって来たのがついこの前だったというのに。

「ねえ、あーちゃん」

「うん？　何」

「今更だけど……何で白松《しらまつ》さんのこと、雪也って呼ぶの？　白松さんの名前って、確か龍《りゅう》一《いち》だったよね？」

あ、と思わず雪也と顔を見合わせる。美月の前では極力呼ばないようにしていたのに、あまりにこの場所に馴染んでいて自然と口にしてしまっていた。

「ええと、あだ名、みたいなものですかね」

雪也が半笑いになりながら答える。

「あだ名？　一文字も合ってないと思うんだけど」

「映さんとは雪の日に出会ったんですよ。それで俺をそう呼ぶんです」

「何それ……拾った犬に名前つけるみたい」

「そうそう。実際そんな感じだった」

「ええ？　あーちゃん、いくら何でもそれって失礼だよ。白松さん、いくつ歳上だと思ってんの？」

「美月さん、もっと言ってやってください」

そのとき、聞き慣れた足音が階段を上がってくるのに気づき、映はゲンナリする。二人揃《そろ》うとは、今日はツイてない。

「会いに来たぞ、映！　って……あれ、美月もいたのか」

遠慮なく事務所に入ってきた拓也《たくや》は、ワンテンポ遅れて美月の存在に気づく。

「お兄ちゃんこそ、何でここにきたの？」

「決まってるだろ！　映がここにいるからさ！」

「なかなか賑《にぎ》やかになってきましたね、映さん」

どんどん自由気ままな日々が失われていくように思うのは、気のせいだろうか。映は遠い目をして、まるで家にいるようにくつろぎ騒ぐ兄妹《きょうだい》たちを眺めるのだった。

＊＊＊

その夜。疲れていたせいか、映は久しぶりに少年の頃に見るような夢を見た。

まるで、温かな湯の中で優しく揉まれているようだ。

初めて性器を人の口に咥《くわ》えられたあの感覚。最初は怖かったのに、すぐに快さを感じて、手足から力が抜けた。

『気持ちいい？　映君』

男の優しい声が囁《ささや》く。

『人に触られたり、吸われたりすると、いいよね？　だから、今日から映君は自分で触っちゃいけないよ』

それは命令だ。従わなくては、また気持ちいいことをしてもらえなくなってしまう。

『我慢して。我慢して。一生懸命我慢してからしてもらうと、本当に気持ちいいからね。きちんと、言う通りにするんだよ』

映は従った。何でも言うことを聞いた。

彼のことが大好きだったから。気持ちいいことをしてくれるから。

『秘密』を持つことが、嬉《うれ》しかったから。

「ふ……、あ、ぁ……」

ペニスの奥から快楽がほとばしり、映は小さく声を上げて射精する。その自身の声で、目が覚めた。

吐精の心地よさにうっとりとしながら瞼《まぶた》を開けると、視界の端に隆起した羽毛布団が見える。次いで股間《こかん》に熱い息を感じてギョッとして飛び起きた。

「ん……、出すの、早かったですね」

脚の間からむっくりと起き上がったのは雪也だ。

「……あんた、何してんの？」

「ご覧の通りのフェラチオですが」

「いや、そんな真面目《まじめ》な顔で言われても」

「出かけようとしたら、映さんが勃起《ぼっき》していたので、とでもいうような軽さで言われて唖然《あぜん》とする。そして言われて初めて、すでに雪也がスーツを着ていることに気がついた。

小腹が空いてちょっとお菓子をつまんだ、とでもいうような軽さで言われて唖然《あぜん》とする。


「え……雪也、もう出んのか」

「ええ、お手伝いさんは朝が早いらしいので。戻る時刻はメールで送りますから」

雪也は今しがた男のペニスをしゃぶっていたとは思えないスッキリとした顔で颯爽《さっそう》とベッドを降り、チュッと映の頰にキスをして立ち去ろうとする。

「おい、口ゆすいでいけよ」

「わかってますよ」

去り際の背中に声をかけると、振り向いてウィンクを決め、寝室を出ていく。

仕事に出かける前に精液を飲んでいく男――よく考えなくても変態だ。

「ちくしょう……雪也のせいで、変な夢見た……」

ベッドの上でぼんやりと呟《つぶや》く。いつも見る夢ならば起きればすぐにその映像は溶けて輪郭をなくしてゆくのに、この悪夢は容易に消えてくれそうになかった。

それから妙に目が覚めてしまった映はそのまま起床し、今日のスケジュールを考える。バイト先の居酒屋で聞くべきことはもうないので、須藤行きつけのカフェにでも行って店員に話を聞こうか。

とにかく、あの男に関係のある場所にはすべて足を運び、何とかして弱点を見つけなければいけない。

(人の秘密を楯《たて》にして思い通りにしようなんて、反吐《へど》が出る)

早く、優奈を助けてやらなくては。一人で耐えてきた日々の辛さを思うと、いたたまれない。ひかりが行動的な性格でよかった、と心底思った。もしも彼女が動かなければ、今頃優奈はどうなっていたかわからないのだ。

普段は受けた依頼にいちいち感情移入することはないのだが、東優奈の葛藤《かっとう》はかなり自分と近いところにあるだけに、どうしても力が入ってしまう映である。

今日こそは何らかのものを摑《つか》もうと意気込み、新宿のカフェ『キトス』に向かう。場所は歌舞伎町《かぶきちょう》に少し入ったところだが、カフェの中は意外に落ち着いた雰囲気で、ランチが近い時間帯のためか、客もさほど入っておらず静かだ。近代の和洋折衷的なデザインで、なかなか洒落《しゃれ》た店である。

尾行の最中、須藤はここに週に数回は通ってきていた。大学とバイトの間の時間や午後からの講義のときなど、課題をこなすのに都合がいいようだ。友人の少なさもあってか、大学には講義とサークルの時間以外あまり長く滞在しない。大学は高田馬場《たかだのばば》でバイト先は池袋なのに新宿を選ぶのは、知り合いになるべく会いたくないからなのだろうか。

若い男の店員に席に案内され、映はアッサムティーとサンドイッチを頼む。メニューは取り立てて変わったものもなく、オーソドックスなカフェメニューである。

さて、店員にどうやって話を切り出そうかと考えていたとき、はたと視線を上げると、思わず声を上げそうになった。

すぐ目の前にいたのは、須藤翔馬だ。丁度カフェに入ってきて、店員の案内を待たず勝手に店内をうろついていたところだった。

あまりのタイミングのよさに思わず凝視してしまい、須藤もこちらに気づく。そして少し首を傾《かし》げると、何を思ったか真っ直《ます》ぐ映の席までやって来たのだ。内心ヤバいと思いつつ、まさか逃げ出すわけにもいかない。

「ねえ、あのさ。どっかで会ったことある？」

まるでナンパのような台詞《せりふ》である。映はどうしようか迷った末、すぐに設定を決めて「大学かも」と答えた。

「大学って、福堂大学?」

「はい。あの、軽音の方、ですよね」

「えっ。やっぱ俺のこと、知ってんの」

「知ってます。俺、一年なんですけど、軽音サークル入ろうかなって見に行ったことあって。家の事情で、やっぱりやめたんですけど」

「へ〜。そうだったんだあ」

急に身近に感じたのか、須藤は迷わず映の向かいに座る。

「何か見たことあるなと思ってさ。勝手に芸能人かなって思ったんだけど。ほら、よくあるじゃん。テレビで見て知り合った気になっちゃうやつ」

「俺、テレビに出られるような顔じゃないですよ」

「またそんなこと言って。自分が美人なのわかってんだろ?」

ついさっき会ったばかりなのに、後輩とわかるともう馴《な》れ馴《な》れしい。そして店長が言っていたこともよくわかった。顎《あご》を上げて話す癖があるためか、ぞんざいな口調のせいか、いやに高圧的に感じる。ずっと張り込んでいた対象だが、やはり直接話さないとわからないこともある。

(それにしても俺、ナチュラルに大学一年とか言っちまったな……年齢詐称慣れ過ぎるのってどうなのよ)

しかし今は色々考えている暇はない。千載一遇のチャンスで、須藤と話す時間ができたのだ。本来ターゲットに直接接触することはあまり好ましくないのだが、この場合はアクシデントで仕方がない。それをどう使うかで今後の展開が変わる。磨き抜かれたトラブル体質がまたもや発揮されてしまったが、今回はいい方向に行くのではないかと淡い期待を抱く。

「お前、名前は？」

「アキラです」

「へえ。俺、須藤翔馬。ってもしかして知ってる？」

「あ……、はい。須藤先輩、カッコイイし有名だから」

映が名前しか言わなかったのに少しの疑問も持たないらしい。名字も突っ込まれれば学園潜入したときの偽名を再び使うつもりだったが、こちらの容姿に気を取られているようでスルーされた。須藤は食い入るようにじっとこちらの顔面を見つめている。

「へえ、俺、カッコイイ？　嬉しいこと言ってくれんじゃん」

店員がやって来て、注文を聞く。須藤はホットコーヒーを頼み、再び遠慮のない視線で映を観察する。

「アキラってさ。さすがに男だよな？」

「え？　あ、はい。一応」

「お前の顔見た気がするの、何となく思い出したけど……あれ、女だったんだよなあ。化粧してたし」

美月のことだ。二度大学に潜入しているので、一人でいるときに見られていたのかもしれない。軽音サークルを探っていたのだから、須藤の視界に入る機会はあったはずだ。

「似てる人がいたんですね。俺も会ってみたいな」

今回流れで一年と言ってしまったので、妹とは言えない。男女は二卵性なので双子の設定でもよかったが、何となく他人にした方がいいと判断した。連れてこいとでも言われそうな気がしたからだ。

「つーか、軽音はやめた方がいいぜえ。すげームカつく奴いるから」

「え……そうなんすか」

「ああ。今は入んのは勧めねえなあ。あいつがいると楽しくねえし」

東隼人について言っているのだろうか。いきなり自《みずか》ら核心に突っ込んできたので、思わず前のめりになりそうになる。

「意地悪な人がいるんですか?」

「意地悪どころじゃねえよ。クソだ、クソ。ま、最初から仲悪かったわけじゃねえんだけどさ……今じゃ最悪」

須藤の顔に少しだけ寂しげな表情が浮かぶ。美月が聞き込みをしたサークルメンバーの話では、隼人とは最初は親しかったらしいので、それだけに今は憎しみもひとしおなのかもしれない。

（考えてみりゃ、大学でもバイト先でも友達がほとんどいない須藤が仲良かったって、かなりこいつにとって珍しい相手だったんじゃないか？）

もしかすると、それでかなり浮かれていて、普段から先輩先輩と慕っていたのかもしれない。それが親の一件もあり、だんだん奴隷の扱いになっていったのが、憎悪を募らせた原因ではないのか。隼人本人も、以前から懐かれていたのなら、まさかこれほど恨まれているとは思うまい。

もっとも、どんな理由があったとしても、須藤のしていることは許される行為ではないのだが。

「軽音サークルって、そんな人がいるんすか」

「だいぶえげつねえ奴だよ。だから俺も今すぐサークルやめたくってさ……。まあでも、あとちょっとの辛抱かなって感じ」

ニヤリと笑う顔が悪役そのものである。張り込みをしていたときは造作の整った美青年だと感じたのに、えげつない表情をしていると途端に醜悪に歪《ゆが》む。

（もったいねえの。そりゃ、顔で惚《ほ》れた女も冷めるわな）

性格は顔に出るというが、確かにそうだ。それまで暮らしてきた日々は少しずつ堆積《たいせき》し、やがて表面に現れる。若い頃に美しかった顔が、よく作る表情からシワを刻まれ、その人間の顔を形作ってゆくのだ。より人格が顔に出るのは老いてからだが、年若くとも、その表情に内面から滲《にじ》み出《で》るものを完全に隠すことはできない。

「その人が、サークルをやめるってことですか?」

「そうだなあ。もしかしたら大学もやめるかもな。あと一年で卒業なのに気の毒だけどさ。ま、自業自得《じごうじとく》ってやつ」

間違いなく、優奈の写真を使って脅す気だ。その他に東隼人を支配下に置ける手段などないはずである。

近いうちに実行する気でいるのを悟って、映は背筋に寒気が走るのを覚えた。やはり、急がなくてはいけない。最悪の事態になる前に、こいつをどうにかしなければ。

映は須藤のワルぶりに心酔しきっている演技をする。自分の武勇伝を誇張して吹聴する輩《やから》は、いつでも自分を崇拝する子分を求めているものだ。

「さすが須藤先輩っすね、大学までやめさせるなんて、やべえ」

「そうそう。俺、色々コネがあるからさ。お前も俺と仲良くしといた方がいいぜ」

(何がコネだ。卑怯《ひきょう》な手で弱い女脅してるだけのくせに)

その卑劣な手段をまるで自分の力のように見せていることに腹が立つ。こういう人間は自分が同じことをされたらどうなのか、という想像力がまったく欠如しているのだ。本人を目の前にすると、その救えない性根に怒りが込み上げてくる。今すぐ罪を暴いて警察に突き出してやりたいが、それは優奈の意思に反するだろう。

そのとき、天啓のように、映の脳裏《のうり》に妙案が浮かび上がった。

（もしかして……こいつが東さんにしたように、俺がこいつの恥ずかしい写真撮っちまえばいいんじゃね？）

そうすれば少なくとも見てくれだけは美しい男を食えて、東優奈をも救えて一石二鳥ではないか。須藤は基本的にはノンケなのだろうから、もしも自分が男に犯されている写真をばらまかれると脅されれば、たまらず自分のデータも消去するに違いない。消したと見せかけて所持していたとしても、同じことがこちらにも言えるはずで、自分のそんな画像が流れるかもしれないと思えばおいそれと軽率なことはできないはずである。

（やっべえ。俺、天才かな？　そうと決まれば、やっちゃう？　早速やっちゃう？）

さて、どんな恥ずかしい写真を撮ってやろう。あの体位か？　あの角度か？　泣き顔は必須《ひっす》だ。しかも感じている顔ならオカズとしてもよし。妄想を逞《たくま》しくしていたら際限がなくなり、夢は膨らむ一方である。

こういうのを棚ぼたというのか、いや違うか、と自分にツッコミを入れつつ、映は懸命に興奮を宥《なだ》めすかして平静を保つ。

そうだ、弱みが見つからないのなら作ればいい。なぜこんな簡単なことに気づけなかったのだろう。改めて自分の天才具合に惚《ほ》れ惚《ぼ》れする。

その決定を心の中で下すと、早速映は須藤を落とす作業に取り掛かった。舌なめずりする猛獣の心をひた隠し、か弱いウサギのような愛くるしい表情を顔面に貼《は》りつける。

「先輩、カッコイイからモテるんでしょうね」

「そんなことねえよ。俺、長続きしねえの。まあ、確かに女は結構寄ってくるけど」

「須藤先輩と付き合えたのに別れるなんてもったいねえー。信じられないです。俺が女なら絶対放さないし皆に自慢しますよ」

「え、お前、そんなにかよ。マジで俺のファンなの？」

須藤の目の色が変わる。よし、ここで畳みかけよう、と映は大きな瞳《ひとみ》をキラキラと潤ませ、必殺上目遣いで男を見つめる。

「恥ずかしいですけど、実はそうなんです。軽音入ろうかなって思ってたのも、先輩がいたからなんで……ギターほんとうめえし、カッコイイし。マジでこうして話してるの、信じられない」

「へえ……。そうだったんだ。男でもお前みたいなのにそう言われると悪い気しねえよ」

「さっきの話も、何かゾクゾクしました。俺、怖くて強い人、ちょっと憧《あこが》れるんですよね。自分がこんなだから、羨《うらや》ましいっていうか」

食いつけ、食いつけ。心の中で念じる。

（目の前に食べてもいいですよってオーラ出してる獲物がいるんだぞ？　男ならとっとと手出ししろ！　たまには珍味も美味《うま》いぞ！　クセになんぞ！）

最終的に食われるのはお前だがな！　と胸の内で高笑いしながらしこしこ罠《わな》を張っていると、唐突にテーブルの上に置いていたスマートフォンがバイブした。雪也である。

「あ……、す、すんません、ちょっと」

他の誰かなら無視もできたが、雪也となると後が怖い。何しろ適当な嘘《うそ》をついても必ず見破ってくるので、小細工《こざいく》が利かないのだ。

「どうした、雪也」

『今日はお手伝いさんが午後からだったみたいで。一度戻ろうと思います。映さん、今どこですか？　昼飯まだならどこかで食いませんか』

「ええと……、新宿」

『あ、じゃあ近いですね。十分くらいで行きますから。着いたら連絡します』

そう告げて通話は切れた。十分では何もできない。残念だが今日はお預けである。今日も今日とて番犬の役割をしっかりと果たす雪也には空恐ろしさを感じるほどだ。

（あいつ、千里眼《せんりがん》でも持ってんじゃねえのか……）

席に戻ると、注文していたサンドイッチが届いていた。だが食べている暇もなさそうだ。

「先輩、すんません、俺すぐに行かなきゃいけないんで、それ食べてください」

「え、いいのか」

「はい。あの、先輩のギター見に行きますんで、またそのときに」

映はレジで会計を済ませ、足早にカフェを出た。あとひと押しだったのに、と思うと悔しさが込み上げる。ヤル気満々だった下半身も悲しんでいる。久しぶりのタチを味わえそうだったのに、何とももったいないことをした。

雪也は電話で言った通り十分後には新宿に着いていた。タクシーで来たらしく、駅前で映を拾ってそのまま目当てのレストランへ向かう。

少し疲れた様子でネクタイを緩め、映の膝《ひざ》に手を載せて撫《な》でる。

「首尾はどうですか」

「えっと……まあ、ぼちぼちかな」

「俺の方は無駄足でした。昼飯食った後、今度は一緒に行きませんか」

「え、俺もか？」

「ええ。何せあなたは、一人で行動させるとろくなことがないようですから」

ドキリとして言葉に詰まる。

（な……何で知ってんだ？　まさか遠くにいるふりして見てたのか？）

もしもそうだとしたら恐ろしい。恐ろし過ぎる。以前からそんなところはあったが、もうこれは完全にストーカーなのではないか。
怯《おび》えた目で雪也を見ていると、その端正な顔にフッと冷たい笑みが浮かぶ。
「あれ……勘で言ったんですけど、もしかして図星でした？」
「へ？　いや、その……」
「話、詳しく聞かせてくださいね」
語るに落ちる。目は口ほどに物を言う。
先程は獲物相手にトラップを仕掛ける側だったが、その直後には自分が罠にかかってい
る。間抜けなオチに笑いたくなるが、隣に猛獣がいるので笑えない。
おしゃれなフレンチレストランでのランチは、尋問を受けながら食べていたので、ほと
んど味がしなかった。
当然のようにそのままラブホテルに連れ込まれ、引き続き罪状確認をされる。
「なるほど。弱みがないなら作ってしまえばいい……一見筋が通っていますが、東さんが
受けていた屈辱を赤の他人のあなたが仕返しにやってやろうというのは、ちょっとおかし
いんじゃないですかね」
「えっと、その……仕置人みたいな？　ほら、テレビでもよくあるシナリオじゃん。復讐
代行っていうかさ」
「本当にただの復讐ですか？　ただの正義感ですか？　男の子とヤりたかったっていう気

持ちは微塵《みじん》もありませんでしたか？」

「本当にすみませんでした……」

もうどうにもならないので土下座する。しかし雪也の顔の絶対零度はまったくもって上昇する気配がない。

「で？　どんな写真を撮ろうと思っていたんです？」

「え……、そ、そりゃ、恥ずかしいのを……」

「そうすれば悪さをすることもなくなるだろうと？」

怖《お》ず怖《お》ずと頷《うなず》くと、雪也はにっこりと笑ってなるほど、と頷いた。

「じゃあ、俺も映さんの恥ずかしい写真をたくさん撮ろうかな。もうこういう悪さができないように」

「え……、え、し、写真撮るのかよ⁉」

「何驚いてんですか。あなたがやろうとしていたことでしょう」

「だ、だって、俺、何かしたわけじゃないじゃん！　未遂だったじゃん！」

「未遂でも罪になるの、知らないんですか？　しようのない人ですね」

ヤレヤレとため息をつきながら、雪也は映をベッドの上にヒョイと放り投げ、あっという間に服を剝《は》ぎ取《と》ってしまう。残酷な体格差に泣きながらも抵抗するが、テキパキと正確な手さばきで後ろ手にベルトで縛って転がされ、雪也は悠然とアダルトグッズの自販機を眺めて「どれがいいですかねえ」などと物色している。

「あまりマニアックなのはないなあ。あ、フロントに頼んで買えるものもありますね。まあ、写真の見栄《みば》えを考えてこれにしましょうか」

桃色のバイブとローションを買い、ベッドの脇《わき》にある電話を取ってメニューから何やら注文している。

しばらくして従業員が届けに来たものは、黒いレースの下着だった。もちろん、女性用のものである。そして恐ろしいことに黒いファーの猫耳のカチューシャまでついてきた。

「え……、そ、それ……使うのかよ……」

「そうですよ。だって恥ずかしい写真じゃないと効果がないでしょ？　ランジェリーを身につけて乱れる可愛い猫映さん、いいじゃないですか。これまでの男たち全員に送りつけてやりたいくらいですね」

もちろん冗談だとは思うが、本当にやりかねない据わった目をしている。

雪也は早速映の頭に猫耳をつけ、矯《た》めつ眇《すが》めつ眺め、妙に感慨深げに頷いた。

「映さん、猫耳本当に似合いますね。顔がそもそも猫っぽいから、まるで最初から生えてたみたいに見えますよ」

「く……、まさかこの歳《とし》で猫耳をつけることになるなんて……」

「おや、今まで一度もつけたことがないんですか？」

無言になる映に、「さて次は下着をつけましょう」と煮《に》え滾《たぎ》るような目をして可愛らしいブラジャーとショーツを装着させてくる。

当然ながら股間は女性にはないものがついているので、歪《いびつ》に膨らんでいるしはみ出しているしであまりに滑稽《こっけい》だ。しかもそれを穿《は》いたまま後ろをローションで適当に解《ほぐ》し、標準サイズ程度のバイブを突っ込まれて、そこで一枚スマートフォンで撮影され、さすがに惨めさに泣きそうになる。

「う……、い、嫌だ……これ、マジで変態だ……」

「なるほど、これは効果がありそうです。どんな男でもこれはバラまかれたくないでしょうね。あなたは恐ろしいほどしっくりきていますけど」

なぶっているのか賞賛しているのかわからない言葉で映を責めつつ、おもむろにバイブのスイッチを入れる。

「うぐ、う、……な、なんか、やだ、この感じ……」

「そうですか？　まあ、安物ですしね。淫乱《いんらん》な猫にはちょっと物足りないでしょうけど」

ろくに愛撫《あいぶ》もされず、ただ濡らして突っ込まれているだけということもあるが、冷たい無機物と単調な動きが腹に妙な具合に響くだけで、何とも微妙な感覚である。おもちゃの類《たぐ》いはもちろん経験があるが、行為の最中に使われはするものの、こんな撮影のために用いられたことはなく、ひどく落ち着かない。

「しかし、このバイブの先に尻尾《しっぽ》がついていないのが残念です。そしたら完璧《かんぺき》だったのに」

「ふ、ふざけんな、尻尾なんかついてたら、マジで猫じゃねえか……」

「だからいいんじゃないですか。絶対に似合います」

今度探して買ってくることにしましょう、と恐ろしい独り言を呟きつつ、雪也は様々な角度から写真を撮りまくる。けれど、ふいに手を止めて、不満げに首を傾げた。

「映さん、せっかくの撮影なのに勃起してないじゃないですか」

「こ、こんな状況で興奮するわけねえだろ！」

「あれ……そうなんですか？　あなたはどんな場面でもすぐにスイッチの入る人だと思っていたんですが」

「だ、だって……俺一人でこんなことしてたって……」

仕方ないですね、と雪也はスーツの上着を脱ぎ、猫耳ランジェリーの映にのしかかる。

男の体温を服越しに裸の肌に感じるだけで、映の胸はどきりと騒ぐ。雪也は服を着ているのに、自分だけこんな恥ずかしい格好をしているという事実を如実に感じ、それだけで昂《たか》ぶってしまう。

雪也は映のなめらかな頬を撫で、微妙な変化を悟って喉《のど》の奥で笑った。

「あなたはやはり、誰かに抱かれていないとだめなんでしょうね」

「だ、抱かれる方じゃ、なくたって……」

「でも、ほら……上に乗られただけで、少し反応していますよ」

下半身を密着させられて、顔が熱くなる。しかし、そういう雪也もそこは反応しているのに、どうしてこちらだけ辱《はずかし》められなければならないのだろう。

「少し……感じてきましたか？」

平らな胸をブラジャーの上から強引に両手で揉まれる。乳首が中で擦《こす》れて、甘酸っぱい疼《うず》きが下腹部を熱くする。優しくキスをされながら至近距離から穴が空くほど見つめられ、鼓動が早まってゆく。

「女には見えないですが、ふしぎな生き物という感じですね……猫耳が似合いすぎなのが原因でしょうか」

「し、知らねえよ……好きで、似合ってるわけじゃ、ねえし……」

次第に、尻の中で規則正しくバイブするものの存在を強く感じ始める。女のように胸を揉まれて、口を吸われて、股間を押し付けられているだけなのに、違和感しかなかった内部が気持ちよくなってくるのはなぜなのだろう。

「肌……熱くなってきましたね」

ブラジャーをずり下げ乳首を愛撫しながら雪也は掠《かす》れた声で囁く。もう片方の手でショーツの上から硬くなったものの輪郭をなぞるように触れられ、思わず甘い鼻息が漏れる。

「やればできるじゃないですか、映さん……」

「う……ば、馬鹿《ばか》……あんたが、色々触るからだろ……」

「でも、こっちもよくなってるんでしょう?」

尻に入れたバイブを摑まれ、グリグリと回されて、映は高い声を上げて枕《まくら》に頰を擦りつける。

「あ、あう、や、やめろよ……、変に、なるからっ……」

「ほら、やっぱり感じてる。あなたは本当に、何でもいいんですね」

細められた目からなぜか怒りを感じて、映は身をすくめた。ショーツの下でペニスを勃起させ、乳首を膨らませて乱れた姿を改めて写真に撮られ、だんだんどうにでもなれという捨《す》て鉢《ばち》な気分になってゆく。

「その写真……マジで、どうすんだよ……」

「ただの観賞用ですよ。あなたが悪さをしなければね」

「悪さ、したら……どうなんの」

「そうですね……誰に送って欲しいですか?」

撮った写真をディスプレイ越しに見せつけながら、雪也は微笑《ほほえ》む。

「夏川? 美月さん? ……それとも、あの蒼井秀一《あおいしゅういち》という人ですか?」

最後の名前に、思わず顔が強張《こわば》る。そこで名前を出してくるとは思わなかった。完全な不意打ちだ。

「マジで……しつこいな、あんたは……」

「どういたしまして。こういう性格なんで、諦《あきら》めてください」

雪也はスマートフォンを雑にベッドの上に投げ、無理やり映の脚を開かせてバイブを掻《か》き回《まわ》す。

「んうっ、ふ、う、や、やだ、あ、うぅ」

「でも、すごく濡れてますよ。ショーツがビショビショです。いやらしい猫ですね」

「ね、猫って、言うな、あ、あぅ、や、ああ」

シリコンのつるりとした感触に粘膜を撫でられ、ゾクゾクとする感覚に背筋が震える。ただ入れられて電動で動いているだけのときは気持ちよくなかったのに、雪也が動かすだけで刺激が変わる。

後ろ手に縛られているので動きが制限されてもどかしい。腰を揺らしてこの疼きを散らすしかない。

（奥まで、届かない……あそこまで、早く来て欲しいのに……）

雪也のもので犯され続けたせいで、最奥《さいおう》までみっちりと満たされないと満足できない体にされてしまった。もっと太いもので、長いもので埋めて欲しい。雪也しか届かないあそこを、今までしてきたように、たくさんいじめて欲しい。

　その快楽を想像しただけで、全身が震えるほどの飢餓感が襲ってくる。こんな玩具《おもちゃ》じゃなくて、雪也が欲しい。熱い体で抱き締めて、キスをして、死ぬほど奥まで犯して欲しい。

「ゆ、雪也……もう、これ、抜いて……」

「どうしてです。気持ちよくないんですか」

「も、もういいからっ……写真、撮ったんだろ。もう、いらないじゃんか」

「抜くだけでいいんですか」

　ふいに、雪也の声が甘くなる。

「まだ出してないでしょ、映さん……どうやってイきたいんですか」

「わ……わかってるくせに」

「わかりません。映さんの、この可愛いお口で言ってください」

　親指の腹で唇を撫でられ、どうしようもない飢えが雪也を渇望させる。

「あ、あんたのが、欲しいんだよ……」

「俺の、何が？」

「この、オヤジっ！」

「そうですよ。俺はオッサンですから、ちゃんと言ってくれないとわかりません」

「はいはい、言うよ、チンコくれ！」

雪也はいかにも呆《あき》れたように大げさにため息をつく。

「だめ。その言い方は可愛くないですね」

「じゃあ、どうしろっつーの……」

「せっかく猫なんですから、ニャンとかつけてくださいよ」

オヤジを極めた要求に目眩《めまい》がする。しかし背に腹は代えられない。

「ち、チンコくれ、ニャン……」

「うん……何かすみませんでした」

「ああもう何だそれ！　馬鹿！　いい加減にしろ！」

とにかく早く欲しい。早く、早く。

あまりに渇き過ぎて、涙がこぼれる。焦《じ》らされるあまりに全身にひどく汗をかき、足の指先でシーツを強く摑んでいないと、どうにかなってしまいそうだ。ペニス欲しさに泣いてしまうだなんて自分でも本当にクズ過ぎると思う。けれど、どうしようもない。体の欲求に抗《あらが》えない。

「泣くほど欲しいんですか、映さん……」

雪也はうっとりと囁き、頰に流れる涙を舐《な》める。

「本当に、淫乱な体ですね……でも、これほど欲しがられるのも悪くない」

痺《しび》れたでしょうから、取ってあげますね、と腕を縛《いまし》めていたベルトを外し、バイブをゆっくりと抜き取る。栓を失って口を開けたそこは、くるおしくうねり、いつもの刺激を渇望している。

雪也は自らのものを露《あらわ》にすると、ローションをそこにたっぷりと垂らし、見せつけるように扱《しご》きながら全体を濡らしてゆく。すでに完全に勃起しているそのどっしりとした凶悪な質量を見て、映は唾《つば》を飲むのをこらえきれない。

(ほんと、ヤベえ……あんなデカイの、いつも突っ込まれてるなんて……そりゃ、他のなんて物足りなくなる……)

赤黒い大きな亀頭《きとう》。あの逞しい笠《かさ》の部分で粘膜を捲《まく》り上《あ》げられるのがたまらない。太い血管の浮いた幹でみっちりと直腸を満たされ、パンパンに張った丸い先端で最奥を思う様突かれる絶頂感は、一度知ってしまえばもう戻れない。手放せない。

「ゆ、雪也……早く、早くぅ……」

「わかってますよ……大丈夫」

脚を抱え上げられ、ぱっくりと開いたそこへ大きなものが押し付けられる感覚。興奮が喉元まで迫り上がり、恥ずかしいくらい息が乱れる。もうすぐあの悦楽が味わえるのかと思うと、それだけで空イキしてしまいそうだ。

ぐちゅりと大きな音を立てて逞しいものが潜り込んでくる。敏感な入り口を限界まで拡張される鋭い刺激に目の前が白く濁り、涎《よだれ》が垂れる。

「あ、あぅ、あ……、は」

「ふう……すごい、歓迎してくれますね……あなたの中は……」

無意識のうちに、雪也をしきりに締め付けてしまう。その大きさを味わいたくて、腸壁が勝手にうねり、男根に粘りつき、精を搾り取ろうと貪欲《どんよく》に身悶《みもだ》える。

ぐち、ぐぷ、と濁った水音とともにゆっくりと侵入してきて、やがてずちゅりと深々と全長を押し込まれると、待ち侘《まわ》びた感覚に映は大きく震えた。チカチカと目の前に星が飛ぶような快感に襲われ、気づけばブラジャーに白い精が散っている。

「あ、はぁ……、は……あ、ふぁ……」

「そんなによかったですか……今、少し意識飛んでましたよね……」

射精の余韻に浸る映をがっちりと摑み、雪也はぐりゅ、ぐりゅ、と奥の敏感な部分をねっとりとした腰使いでこね回す。蕩《とろ》けるような快楽に全身が発汗し、うずうずと熱く火照《ほて》る頬を震わせ、映は咽《むせ》び泣《な》くような声で呻《うめ》く。

「んぅう、ふ、や、あ、ぁ……ヤバい、あ……、ヤバい、これっ……」

「ヤバいですか……？　でも、これが欲しかったんでしょう……？」

「う、んぅっ……そ、そう、これ……、あ、ふぁ、これぇっ……」

雪也の逞しい腰が巧みに蠢《うごめ》き、映の弱い部分をいじめ尽くす。あまりに激しいオーガズムに、映は雪也の背中に必死でしがみつきながら、その腰に脚を絡ませ、半死半生のような状態で悶え抜いている。

「ああ、すごいな、あなたは……まるで発情した雌猫そのものだ……俺の可愛い獣だ……」

夢中になって快楽を味わっている映を抱き、甘く唇を吸いながら、雪也は上ずった声で何かを囁き続ける。

「誰にも見せたくないのに、無性に見せびらかしたくもなる……あなたの魅惑は写真などではわからないだろうけれど……でもそれを知っているのは自分だけなんだと、勝利を叫びたくなる……」

雪也の動きが次第に激しくなる。立て続けに深々と貫かれる悦《よろこ》びに、四肢の先まで甘美な震えが走る。

「あなたが通ってきた男たちも、きっと同じことを思ったんでしょうね……でも、あなたを今抱いているのは俺だ。もう、誰にも渡さない……」

「あ、あぁ……雪也ぁ……」

男の名を呼ぶ自分の声が甘ったるくて気持ちが悪い。まさしく発情した猫のような声。理性も知性もない、ただ本能のままに快楽を貪《むさぼ》る動物だ。

「映さん、可愛い……もっと喘《あえ》いでください、もっとたくさん……」

雪也は荒い息をして映を揺らしながら甘く囁く。

「これね……実は録音モードにしてあるんです……映さんの可愛い声をいつでも聞けるように……」

ベッドに放り出されたスマートフォン。これまでのあられもない声までも録《と》られていたと知っても、もう声を我慢することなどできない。

「写真も録音も、実物のあなたには敵《かな》わない……だから、これはただの記念です。俺だけの宝物……」

これから少しずつコレクションを増やしていきましょうね、などと頭のおかしいことを愛の告白のように口ずさむ雪也。大変な男を拾ってしまったことはわかっていたが、日を追うごとにその変態具合は増してゆく。

そうさせているのは自分とわかっているので、受け入れるしかない。むしろ、今回初めて雪也とコスプレのような行為をしたのがふしぎなほどだ。学園で制服のままの行為はあったが、あれはセックスのために着ていたわけではないので、プレイとはまた違う。今まで他の男とは嗜《たしな》んだこともあるが、映はまったくハマらなかった。美少年相手でもさせたいとは思わない。

「映さんは……こういう格好をして興奮しますか」

「し、しねえ、よ……、変な感じする……」

「そうですか……俺はしますけどね。似合い過ぎるのが最高ですよ。いやらしくて、可愛いです」

映の腰を摑み、ショーツごと陰茎を揉んで体を揺すぶりながら、雪也はしげしげと映の姿を眺めて、熱い息に胸を喘がせる。

彫りの深い奥まった場所にある欲情に潤んだ瞳が美しい。こんなにイケメンを極めた顔をしているのに、中身の変態ぶりがつくづくもったいない、と映は思う。

「そういえば、女装も似合ってましたもんね……今度は、何の格好をしてもらおうかな」

「や、めろって……変態の、レパートリー、増やすなよっ……」

「俺はただ、映さんの無限の可能性を知りたいだけなんですよ。あなたを研究したいんです。こう見えて凝り性なんで……執着したものはとことん味わい尽くしたいんですよ」

このままでは食い尽くされて骨も残らない気がする……そんな諦観《ていかん》の思いを抱きつつ、映は雪也の愛撫を受ける。

次はメイドか、ナースか……もう抱いてもらえるなら何でもいいか、と思ってしまう自分も大概クズだ。ただ、行為の最中の下着の締め付けは、なかなか悪くなかった。こうして自分も新たな変態趣味に埋没していくのだろうか。

まあそれでも、雪也に開発されるのなら悪くない。そんな血迷ったことを考えつつ、ブラジャーの胸を愛撫され、映は女のような声を上げた。

「映さんは貧乳ですが、乳首の感度はいいですね。すごく感じてる」

「ひ、貧乳って、言うなっ……」

「まあ、胸より、こちらの方がずっと好きなんでしょうけれど」

深くまで挿入されて、ひいっと死にそうな叫びが漏れる。雪也は映の膝を折り曲げ、ぬかるんだ腸壁を極太の男根で捲り上げながら、餅《もち》のような弾力のある最奥の媚肉《びにく》をぐぽぐぽと立て続けに重く抉《えぐ》る。

「うぅっ、ひ、んぐう、あ、深、ひあ、あぐ、あ、あああ」

目の前に火花が散るほどの快感がほとばしる。最も敏感な場所をいじめ抜かれて四肢の先まで電撃が走り、甘い甘い悦楽に歓喜の涙が止まらない。

映は濡れて火照った頰を震わせてヒイヒイ泣き叫び、痙攣《けいれん》する瞼の裏で目を白くしながら激しく絶頂に飛ぶ。

「ああ、すごい……絞られる……はあ、あぁ……映さん、イッてるんですね……俺も、気持ちいい……」

「はあ、あぁぁ、ふあ、あ、雪也ぁ……」

雪也の長大なペニスの味に酔《よ》い痴《し》れ、映はオーガズムの海に溺《おぼ》れている。ただ快楽を貪る生き物になる。全身をしとどに汗で濡らしながら、雪也の分厚い逞しい体にしがみつく。

「んうぅ、いい、あ、あぁ、すごい、いい」

「映さん、好きですか。俺のこと、好きですか」

「うん、好き、好き……あ、はあっ、あ、す、好き……」

頭がぐちゃぐちゃになって前後不覚になった頃合いで、いつもこれを言わされる。意識はぼんやりしているけれど、自分が何を口走っているのかは曖昧《あいまい》ながらに知っている。そして、この言葉を反芻《はんすう》すると、雪也があっという間に達してしまうことも。

「く、あ、はあ、はあ、お、俺も、好きですっ、ああ、映さんっ……」

「あ、あうっ、ん、う、雪也、あ、ああっ」

雪也はがっちりと映を抱え込み、どちゅどちゅと最奥をこね回し、映をほとんど失神させるまで追い込み、大きく胴震いをして硬直した。

「あっ、あ……、ふぁ……」

腹の奥におびただしい精のほとばしる感触。同時に尿道を駆け上がる熱い体液が、しぶきを上げて映の顔に噴きかかる。

（真っ昼間っから、何やってんだ……）

そんなことを思いながら、猫耳とランジェリーをつけた探偵は、全身体液でびしょ濡れになりながら、簡単に意識を手放した。

たっぷりと散々な昼休みを過ごし、気絶という名のお昼寝を経ると、すでに外は日が暮れ始めている。

＊＊＊

ぐったりとした体を雪也に支えられつつ、一度マンションに戻りカジュアルな格好からスーツに着替えた映は、助手とともに須藤の家の前にやって来た。

手伝いの女性は買い出しにそろそろ出てくるはずだという情報を頼りに張り込んでいると、果たして家政婦らしき中年女性が家から出てきた。距離を空けてしばらく尾行し、人通りの多い駅前に来たところで声をかける。

「あの、すみません」

「はい？」

振り向いた女性はどこにでもいそうな平凡な主婦といった風貌《ふうぼう》である。五十代半ばの中肉中背、これといって特徴のない顔立ちだ。

「私どもこういう者なんですが……」

映は懐《ふところ》から出した名刺を差し出す。女性は突然声をかけてきた男二人組に怪訝《けげん》な視線を送り、名刺に書いてある『探偵事務所』の文字を見て、やや不安げな面持《おもも》ちになる。

「とある方からご依頼を受けて、あなたがお勤めのお宅に関する情報を集めておりまして。謝礼はお支払いしますので、少しだけでも、お時間いただければ幸いなのですが……」

「え……。そんな。ど、どうして……」

「実は、須藤さんのご子息と婚約関係を結ぼうとしている段階の方の、ご両親のご依頼なのです」

　映の口からはすらすらと立て板に水のようにでまかせが出てくる。

「一人娘さんの婚約はやはり大事ですので、事前に相手の人となりを知っておきたいということで……もちろん、あなたが話したということは絶対に誰にも漏らしません。我々も信用問題になりますので。どうぞご安心ください」

「まあ、婚約……そんなお話があったんですか」

　女性は驚いた様子だったが、少し考えて迷いながらも頷いてくれる。

「そういうお話でしたら、少しだけ……」

「ありがとうございます！　助かります」

　二人は女性を近くの喫茶店に連れていき、奥の席で向かい合って座った。

「あの、お名前をお伺いしてもよろしいですか」

「あ、はい。野中吉江《のなかよしえ》と申します」

吉江は素直に名前を明かす。案外人をすぐに信じるタイプのようだ。

「須藤さんのお宅に勤めてどのくらいになりますか」

「私は半年ほどになります。ですから、そんなにあのお宅を昔から知っているわけではないんです」

「ええ、もちろん、今現在の状況で構いません。須藤翔馬さんは、野中さんから見て、どんな方ですか」

そうですね、と吉江は少し考え、言葉を選びながら丁寧に答える。

「坊ちゃんは素直ないい子ですよ。奥様が大変可愛がって育てられたので、本当に子どものように真っ直ぐで」

「なるほど……子どものように、ですか。今、確か大学二年生でいらっしゃる」

「そうです。何不自由なくお育ちになったようですから、まあ、やはり私のような平凡な主婦から見ると、お金持ちのお坊ちゃんはこういう風に育つのだろうな、という感じで」

慇懃《いんぎん》な言い方をしてはいるが、吉江が須藤をあまりよく思っていないことは仄《ほの》かに伝わってくる。

「ご婚約される方は、もしかしたら少し大変かもしれませんね。何しろ、奥様が本当に可愛がっていらっしゃるから」

「子離れできていないという感じなのでしょうか」

「いえ、それがもう、本当に……」

吉江は少し周りを見回して逡巡《しゅんじゅん》していたが、思い切ったように身を乗り出し、少し小声になって話し始める。

「おかしいんですよ。正直、私はそれを見るのが本当に嫌で。もう大人のはずなんですが、坊ちゃんは奥様の膝に乗らないとお食事をされないんです。しかも、ご自分では召し上がらない。奥様が手ずから、小さいお子さんに食べさせるように、坊ちゃんに一口一口、食事をさせているんです」

「それが……毎日ですか」

吉江は苦笑して頷く。

「それを見るのがどうもね……最初は驚きましたが、まあ、慣れました。でも、実は、そろそろあそこをお暇《いとま》しようと思っているんですよ。奥様がまた厳しい方なものですから。甘いのは、坊ちゃんに対してだけでしょうね」

映と雪也は顔を見合わせ、『これだ』と頷き合った。

帰る場所

須藤翔馬《すどうしょうま》の『弱み』が見つかった。

野中吉江《のなかよしえ》には後日再び連絡を取り、相手が証拠がなければ信じないと言うので、と少し多めの謝礼と引き換えに、その内容を隠し撮りしてもらった。吉江が後に須藤から攻撃を受けないよう、優奈《ゆうな》には交渉の際に「その道のプロに頼んで、家に隠しカメラを設置させた」と説明してもらっている。

「本当に助かりました」

東《あずま》優奈は見違えるように明るい顔をして深々と頭を下げる。隣のひかりも、これまでの不安や緊張の強張《こわば》りが抜け、自然と柔らかな表情になっているのがよくわかる。

「いただいたデータを見せて、交換条件を提案したら、その場でスマホの中のデータは消してくれました。もちろん、バックアップもあると思うんですけど、あの様子だとそちらも流出することはないと思います。完全に安心はできませんけど……」

「こっちも万が一のために取ってあるもんな。外ではワルぶってて母親もボロクソに言ってる奴《やつ》が、実際の甘えんぼぶり晒《さら》されたら、いくらあの最低人間でもたまんないだろ」

　ひかりは愉快げに言いつつも、須藤に対する憎らしさが声音《こわね》に滲《にじ》んでいる。見たところ少し潔癖なところのある彼女は、恐らく一生、自分の恋人をもてあそんだ男を許すことはないのだろう。

「それでも、もしも須藤が流出させてしまった場合、どうしますか」

　雪也《ゆきや》の問いかけに、優奈は冷静に答える。

「そのときは……こちらのものは流さずに、今度こそ警察に行こうと思います。ネットで拡散されてしまったら、もう家族にバレるのがどうのと言っているレベルではありませんから」

「そうですね。仕返しをしてしまえば、あなたも同じ罪に問われてしまいます。それが賢明でしょうね」

　優奈はひとまず須藤との交渉が上手《うま》くいったことで、心に余裕ができたようだ。以前の追い詰められて視野が狭くなっている状態からは脱している。

　ひかりはそんな優奈の手を握り、優しく話しかける。

「そしたらさ、もう、そのときは日本を出ようよ。私、優奈とならいつでも、どこにだって行けるから」

「ひかり……。そうね、私も。あなたといられるなら、どこだっていいわ」

事務所でラブラブしないでください、と言いたいところだが、今は仕方ないだろう。ようやくおぞましい脅迫から解放されたのだ。二人の間に隠し事はなくなり、以前より一層愛が深まったようだった。

「弟の隼人《はやと》には、あなたをいびることをやめるよう言い聞かせる、と須藤に言いました」

「弟さんは、東さんの言うことを聞きますか?」

「ええ、あの子は昔から私には従順なんです。親の会社を持ち出して後輩にひどいことをするな、ときつく言って聞かせました。どうして知っているのか驚いたみたいですけど。でも、あの子の行為が原因で私がこんな目にあっていたんですから、どんなに怒ったって足りません」

確かにその通りだ。むしろ叱《しか》るだけで済ませている優奈の度量の深さに感心する。

「このまま上手くいくといいですね。何かあったら、どうぞまたご相談ください」

「ありがとうございます、本当に……。今後私にも何かできることがあれば、必ず協力させていただきますので」

情けは人のためならず、とはよく言ったものだ。これから先東優奈に協力してもらう案件があるかどうかはわからないが、こうしてコネを作っていけば、いずれそれは確かな財産となるのだろう。もちろんそのためにしたことではなかったが、こうして築かれる信頼関係は得難いものだ。

一件落着し、二人が出ていった後、入れ違いに美月《みつき》がやって来る。

「はあ、疲れた。午前中の講義って全然頭に入ってこないよ」

「しっかり勉強しろよ、大学生。卒業したら、講義受けてた頃が幸せだと思うときが絶対来るからな」

「やだあ、オジサンみたいなこと言うのやめてよ、あーちゃん。っていうか、人が来てるのにその格好！」

「美月は客じゃねーもん」

いつも通り机の上に脚を上げて新聞を読みふけるオヤジそのものの姿に美月はため息をついてソファに寝転がる。人のことは言えない。

ひかりたちは？　と聞くので、入れ違いに帰ったことを告げると、少し残念そうにしている。

「まあ、ひかりのバイト先でも会えるしね。今回はほんと、あーちゃんにも白松《しらまつ》さんにも感謝しかないよ」

「当たり前だ。敬ってへつらえ」

「映《あきら》さん、あまり横柄にしていると、夏川《なつかわ》がうちに来ることになるのでやめてください」

他愛《たあい》のない会話をしながら、ひと仕事終えた後の解放感に浸る。美月の持ち込んだ今回の依頼はさほど難しいものではなかったが、映自身の心に迫るものもあり、かなり疲れる仕事だった。

（何だかんだ、美月まで調査に参加させちまったしな……ああ、マジでアニキにバレませんように）

胸の内で真剣に祈っていると、ふと思い出したように美月は起き上がり、映を見つめる。

「あ、そうだ。あーちゃんに言ってなかったことあったんだった」

「は？　何のことだよ……調査で何かヘマしたか？」

「そんな最近のことじゃないよ。昔の話。言う機会なかったから言ってなかったけど、この際伝えておこうかなーと思って」

何だか嫌な予感がする。そして映の嫌な予感は大体当たる。

ちょっと待て、と制する前に、あっさりと美月は告げた。

「私さ、あーちゃんが男の人の方が好きなの、気づいてたよ」

「へ……」

「だから白松さんとも、そうなのかな？　って思ってた。……そうなんだよね？」

映は呆然《ぼうぜん》としてしまって、答えられない。机に上げた脚が不安定になって、そのまま後ろへ倒れそうになっているのを見て、雪也が慌てて駆け寄って支える。

今、美月は何と言ったのか。

「え……おま……何、それ。何で……」

「ちょっと、色々見ちゃったっていうのもあるけど。琴のお弟子さんにずっとキャーキャー言われてても全然平気だし。あと、いちばん大きかったのはあれかなあ。私の彼氏、初めて家に呼んだときさ、あいつったら私が隣にいるのに、あーちゃんに見惚《みと》れちゃって。後ですげー色っぽい兄ちゃんだなとか言うから、一瞬別れようかと思ったわよ」

「そ、それは俺のせいじゃねえだろ！」

「うん、あーちゃんのせいじゃない。でも、あーちゃんから男をどうにかするナニかが出てるなって思った。あいつ、全然そんなんじゃないからね。後にも先にも、男に色っぽいとか言ったの、あのときだけだもん」

　核心を突かれて、映は雪也の腕の中で息も絶え絶えになっている。

（嘘《うそ》だろ……マジで気づいてたのかよ……）

　家族の誰にも知られていないと思っていた。しかも、美月の言っている「色々見ちゃった」には確実に映のトラウマも含まれているだろう。あの場面を見られていたのかと思うと、今すぐ貝になりたい。

　映がショックで死んでいる間、雪也はなぜか申し訳なさそうに美月に謝っている。

「すみません、初め聞かれたときに誤魔化《ごまか》してしまって」

「あ、別にいいんです！　普通は隠しますものね。でも、白松さんの答えで、あーちゃんが私に気づかれてないと思ってるってわかったんです」

「ご両親や夏川は知らないんですか？」

「はい、多分。私だけだと思いますよ。兄は絶対にわかってないと思います」

それは雪也とのキスシーンを目撃されたときの反応で知っている。しかし、美月だけわかっていたことだったと思えば、少しだけダメージも小さくなった。

「お前……言えよ。そういうことは、早く」

「だって前にも話したじゃない。私たち、恋バナなんかしなかったし、どう言えばよかったのよ。いきなり、『あーちゃん男の人好きだよね』って？　さすがの私でも脈絡なさ過ぎて無理」

「まあ、そうなんだけどさ……、あー、もう、びっくりした……」

映がひっくり返りそうになっているのを見て、美月はこちらの気も知らずに明るく笑っている。

「やっぱり、家族にカミングアウトするって勇気いるんだね。ひかりも、優奈さんでさえできてないもんね」

「そりゃそうだろ……できねえよ、簡単には」

「言ってあげればよかったね。知ってるよって」

それも心臓に悪いし、現に今死にかけたしな、と思ったものの、確かに家を出る前に美月とそういう話ができていたら、今映はこうしていなかったかもしれない。

美月は目を伏せ、少し寂しげな表情を浮かべる。

「だからね、本当はあーちゃんが出ていったとき、仕方ないのかなって思った。きっと苦しかったんだろうな、って。今時婚約者だっていたんだもんね。出ていった理由、私には本当のところはわからなかったけど、きっとそのこともあるだろうし、私が想像できないくらい大きい苦しみだったんだろうなって。出ていかれるまで気づけなくて、悪かったなって思ったよ」

「美月……そんな殊勝《しゅしょう》なこと考えてたのか」

「考えたよ、そりゃ。私だけじゃなくて、家族皆、あーちゃんがいなくなって色々考えたと思うよ。私は特に……もっと色んなこと話せばよかったって思った。知らないふりしてあげた方がいいんだろうなと思って、言わなかったんだけど」

映は自分のことで精一杯だったが、家族も当然それぞれの思いがあったのだ。わかっているつもりだったけれど、結局何も理解できていなかったような気がして、映は物思いに沈む。

（俺は、何もかも捨てて家を出たのを後悔してない。でも……今なら、違う道もあったかもしれないと思える）

家から逃げたかった。期待の息子であることに疲れていた。これまでの『夏川映』を知られていない世界で、必要とされてみたかった。新しい自分になりたかった。

何もかも、自分のためだったのだ。東優奈が追い詰められて視野が狭くなっていたことを、映も責められない。あのときの映は、優奈だった。違っていたのは、映には逃げる手段が残されていたことだ。

「白松さんは、家族には言ってるんですか？」

「え、俺が、ですか」

キョトンとしている雪也と首を傾《かし》げる美月に、「あー、違う違う」と映が口を挟む。

「こいつ、全然ゲイじゃないから。二丁目行くのも拒否るくらい」

「でも、二人はそういう仲なんでしょ？」

「まあ、一応な」

「あーちゃんのせいか……」

「否定したいけど、つまりそういうこと」

映から得体の知れないフェロモンが出ていることを見抜いた美月なので、ノンケである雪也と関係があることもすんなりと受け入れている。

雪也はなぜか申し訳なさそうに頭を下げた。美月はそれに笑って手を振る。

「そんな顔しないでください。白松さんなら、いいですよ。変な男なら許せないけど」

「言っとくけど、こいつ十分変だぞ」

「いや、映さんには負けますよ」

いつもの言い合いになりそうな場面だが、妙にギクシャクする。実の妹にバレていたとなると、やはりすぐには今まで通りに振る舞えない。

一方で、どことなく、雪也とのことを全面的に認めてくれていないようにも思えるのだ。気のせいかもしれないが、その顔に微《かす》かに不機嫌な感情が滲んでいるように見える。これが兄の拓也《たくや》なら不機嫌どころで済む話ではなく、事務所を破壊し尽くした後に身投げでもしかねないので、バレたのが妹でよかったと安堵《あんど》もしているのだが。

美月は二人を眺めつつ少し黙っていたが、おもむろに口を開いた。

「あのね、あーちゃん。今幸せ？」

「え……、ああ、そうだな。一応」

「それなら、無理して家に戻ってこなくてもいいよ」

「へ？」

突然のことに意表を突かれていると、美月は考えていたことをひとつひとつ言葉にするように、丁寧に説明する。

「帰ってきて欲しくないわけじゃないの。ただ、あーちゃんの好きにして欲しいだけ。琴の流派は、私が継ぐ。あーちゃんには全然敵《かな》わないけど、でも頑張るよ。ただ、もしもあーちゃんが帰りたいと思ったら、いつでも帰ってきて。あの家は、皆の家だから。あーちゃんの家は、間違いなく私たちの家だから」

「美月……」

拓也が北風だとすると、美月は太陽である。

意地でも連れ戻そうとしていた兄とは違い、妹の方は一歩引いて見守ってくれる。そのことが、とても嬉《うれ》しい。

「……ありがとな、美月」

最初から、それが言いたくてここへ来たのかもしれない。そう思わされるほど、美月の顔はどこか晴れ晴れとして、兄馬鹿《ばか》だが、とても綺麗《きれい》だった。


誰にでも秘密はある。

それはほんの些細《ささい》な嘘だったり隠し事だったり、あるいは誰にも知られずに自分の胸ひとつに閉じ込めて墓場まで持っていく覚悟の大きな秘め事だったりする。

けれど時々、秘密だと思っているのは自分だけだったりすることもあったりする。

秘密が秘密でなくなったとき、どんな世界が開けるのか――天国か、地獄か。

それは、蓋《ふた》を開けてみなければわからない。

＊＊＊

雪也は少し美月と話がしたかったので、帰るという彼女を駅まで送っていくことにした。

「美月さん、ありがとうございます」

「え……、どうしてお礼なんて」

「いえ、何というか……映さんが欲しかったものを、くれたと思うので」

そうなんでしょうか、と美月は苦笑している。

「優しい嘘って、あるじゃないですか。相手を思って嘘をつくってこと。私、そうしてたつもりだったんです。でも、今回の優奈さんたちの件見てて、ちょっと違ってたのかなって」

「それも映さんはわかってると思いますよ。気遣いで黙っていたことは。あの人も大概、シスコンですからね」

「ええ、そうなのかなあ……愛されてる気がしませんけど」

「あの人は家族を大事に思ってます。だから傷つけたくなくて、家を出たのかもしれません。失望させたくなくて。あまりこういうことは、話さないんですが」

「白松さんって、あーちゃんのこと、よくわかってるんですね」

信号待ちで立ち止まると、美月は雪也を軽く睨《にら》みつけるように見上げる。

「何か、嫉妬《しっと》しちゃうな。私、多分白松さんが思うよりもブラコンだから」

「え？　そう、なんですか」

「お兄ちゃんにだって負けないくらい。彼氏とあーちゃんどっち取るかなんて言われたら、あーちゃん取ります」

どこか挑戦的なその口調に、雪也はやや面食らう。

映は確か美月を諦観《ていかん》している、執着しない、などと言っていたが、なかなかどうして、兄に対する目は雪也に負けないくらいの熱を帯びているようだ。

（これは、夏川よりも手強《てごわ》いかもな……）

兄に対する少し甘えた妹の顔と、雪也に向ける顔はまるで違う。もしかすると、今後最大の関門になるのかもしれない。

「だから、大事にしてくださいね。絶対に」

「ええ。……わかってます。大丈夫」

はっきりそう答えると、鋭かった美月の目つきがふっと和らぐ。

「本当に、何でだろう。白松さんの『大丈夫』って、安心しますね」

「きっと、本気だからですよ」

そう、雪也は映に対していつでも本気である。本気過ぎて、いつでもドン引きされている。この執着は誰にも負けない自信があった。

美月を駅で見送った後、改めて新しい段階に進んだ、と身が引き締まる思いだ。何しろ、初めて映の近親者に関係を明かしてしまったのである。一生伝えることはないのかもしれないという気持ちもどこかにあったので、実際映とのことを知られたことで、ますますこれは結婚しかないと思い詰める。

さて、どこの国で式を挙げようか。今のところ二人のことを認知している美月と龍二《りゅうじ》は呼んでもいいかもしれない。日本を出る前に、どこかに拓也を縛り付けておかなければ、という計画も思い浮かべる。

そのことを相談しようと考えつつ事務所に戻ると、藪《やぶ》から棒に映が妙な質問を投げかけてきた。

「なあ、あんたの誕生日っていつ？　雪也」

「え？　俺の誕生日、ですか」

思わず反芻《はんすう》してしまった後、頰《ほお》ににやけた笑みが浮かんだ。

「驚きました。映さんが俺にそんなことを聞くなんて」

「だって……やっぱ、一方的に祝われたまんまじゃ、悪いかなって」

「映さんでも、そんな人並みなことを考えるんですね」

俺を何だと思ってるんだ、とブツブツ言う映が例えようもなく可愛《かわい》く見える。多分何をしていてもフィルターがかかって愛おしく見えてしまうのだろう。

「俺は八月八日ですよ」

「ってことは……えっと、獅子座《しし》？」

「そうです。ちなみに、当然龍二も同じです」

「怖……二匹のライオン怖……」

「映さんは何座ですか。十月だと」

「俺は天秤座《てんびん》」

「ああ。なんか、イメージ合ってますね」

「……どういう意味かわかんねえけど、何となくやだな……」

「今からプレゼントが楽しみです。期待してますね」

脅しのように感じたのか、映の顔が怯《おび》えて引きつる。その表情を見て、雪也は思わず笑ってしまう。

「何でそんな顔するんですか」

「だって……どうせあれだろ、二十四時間耐久セックスみたいな……」

「あのね。まあ、それでもいいんですけど、あなたには別の特技もあるでしょ」

「俺の特技？　え、何だっけ」

まさか本気で忘れているのかと呆《あき》れ返《かえ》る。今では映そのものを愛しているとはいえ、最初に雪也が彼を認知したのはそのことだったというのに。

「絵ですよ、絵。自分がどれだけ有名な画家なのか、忘れたんですか」

「あー……。何、雪也。あんた絵が欲しいの？」

「欲しいですよ、当たり前でしょう」

雪也のマンションにどれだけ自分の絵がかかっているのか知らないとでも言うのだろうか。本当にこの人は自分の才能にも美貌《びぼう》にも無頓着《むとんちゃく》過ぎる、と腹立たしささえ覚える。

「絵かあ……。まあ、描けっつーなら描くけどさ」

「あまり乗り気ではなさそうですね」

「うーん。今はな。でも、これからはわかんねえ」

やる気のない中にも、映の僅《わず》かな変化を感じて、雪也はハッとする。

「あんたが来て、アニキが来て、美月が来て……今まで嫌だと思ってたものが、案外嫌じゃないかもって思い直したり、色々見えるものが変わってたりすることに気がついた」

茶化すでもなく誤魔化すでもなく、映はただ真《ま》っ直《す》ぐに目の前の何かを見つめている。

「だから、もしかしたら、絵も描きたくなるのかも。人間、変わるもんなんだなって、何となくわかってきたからさ。この先どんなことがあっても、ふしぎじゃねえんだな、って」

「そ、そうですか……それはいい傾向ですね」

「おい、声震えてんぞ」

映は雪也の顔を見て噴き出している。

「そんなに嬉しいかよ」

「嬉しいに決まってますよ！　ただの可能性でも十分です。俺があなたのファンなの知ってるでしょう！」

「ああ……そういえばオッサンの似顔絵まで綺麗にとってあるよな……」

「当たり前です。あなたが筆を走らせたものはオッサンだろうとジイサンだろうと宝物ですよ」

これは想定外の嬉しい誤算だった。まさか映が自分の口から絵を描くかもしれないなどと言い始めるだなんて、僥倖《ぎょうこう》以外の何ものでもない。この言葉こそ録音しておくべきだったと、ただ口を開けて聞いていた自分を叱咤《しった》する。

雪也が喜びに震えていると、ふいにスマートフォンが鳴る。見てみれば、あまりにも懐かしい実家の番号だ。

出ようか出まいか迷ったが、滅多《めった》にかかってくることはないので、少し不安を覚えつつフリックする。

「はい」

『龍一《りゅういち》。今どこだ』

　父の懐かしい声だ。しかし、わざわざ自分に電話をかけてくるとは何事だろうか。先日の龍二の話もあり、妙に胸がざわついている。

「今友人の事務所にいますが」

　龍二が映とのことをどこまで父に話しているかわからないので、そう説明する。父はそうか、と言って少し沈黙する。

『戻ってこい、龍一』

「え……どういうことですか」

『お前にも危険が及ぶかもしれん。龍二が撃たれた』

　息を呑《の》んだ。幸福な気持ちは幻《まぼろし》のように見えなくなった。

　これは元々自分がいた世界だ。遠い場所の話ではない。

（龍二――）

　赤の記憶が蘇《よみがえ》る。あの、残忍な衝動が。

　目眩《めまい》に脚が震えた。

　今まで目の前に伸びていたはずの道が、ふいに消えた。

〈特別番外編〉

月を映す

世の中って上手《うま》くできていて、その人じゃなきゃどうしようもない、なんてことはそうそうない。大体替えが利くし、ひとつの歯車が壊れても、新しい歯車と交換すればちゃんと動くようになっている。

だけど、その替えが利かない人っていうのを私は知っている。二人いる兄のうちの下の方。あーちゃん。

あーちゃんは特別な人。小さい頃から近くで見ていて、自然とそう理解していた。あの人が何かする度《たび》に、皆が驚く。絵を描けば驚くし、琴を弾いても驚く。ただそこにいるだけで、その綺麗な姿形に皆が目を瞠《みは》る。

おかしいな、と思う。私だってあーちゃんに似ているはずなのに。正確には、二人とも母親似のはずなのに。でも、私と兄が並んでいれば、皆が兄の方を見る。そして陶然とため息をつく。隣にもう一人いることはわかっているはずなのに、皆の目はあーちゃんに吸い寄せられる。

理解できないけれど、仕方がない。だって、あーちゃんは『別格』。皆だけじゃなくて、私にとってもそう。

皆が思うよりも、ずっとずっと私にとってあの人は特別だ。だって、私はあーちゃんにとってただ一人の妹で、誰よりも近くで毎日を過ごしてきたんだから。

「何よ、さっきの顔」

私は大翔《ひろと》の肩を小突《こづ》く。まだぼけっとしていた私の彼氏は、突然の衝撃によほど驚いたのか、目を丸くして振り返る。制服の白いシャツが彼の日に焼けた肌をますます黒く見せる。夏になってますます焦げてきて、まるで日陰を背負って歩いてるみたい。

「何って、何だよ」

「呆《あき》れた。わかってんでしょ。人のアニキの顔見てぽーっとしちゃってさ。何考えてんのよって言ってんの」

大翔はようやく私の不機嫌の理由に気がついて、バツが悪そうに頭を掻《か》く。

今日彼は私の家に初めてやって来た。一応私の彼氏として家にいた家族に紹介してみたけれど、それから様子がおかしい。こうして彼女の部屋に入れてもらうのだって初めてのくせに、頭の中は別のことでいっぱいみたい。

「いや、なんかさ。こういうの、よくわかんねえんだけど、美月《みつき》の兄ちゃん、すげー色っぽくね？」

「色っぽい？　あーちゃん、男だけど？」

「そうなんだけどさ……独特の雰囲気っていうか」

グラウンドでサッカーボールばかり追いかけている大翔には語彙《ごい》力《りょく》がない。たとえ言葉を知っていたって、あーちゃんを形容する正確な表現を見つけることは難しいだろう。

（知ってる。皆あーちゃんを見て虜《とりこ》になっちゃう。こうなることも何となくわかってた）

私は別に恋人が自分の兄に見惚《みと》れたことを怒っているんじゃない。それは至極当然のことで、見慣れてきた光景だし、正直まだ大翔のことをそこまで大好きなわけじゃないから嫉妬《しっと》もしない。

私が苛々《いらいら》しているのは、またあーちゃんを他人に見せてしまった、ってこと。別に減るわけじゃないのだけれど、むしろあーちゃんの方が他人のナニカを吸っているような感じだけれど、それでも何となく腹が立つ。

どうしてなのかよくわからない。ただ、私は宝物を皆にみせびらかすよりも、秘密の場所にそっと飾っておいて自分だけのものにしておきたいタイプなんだろう。

「あーちゃん、私と顔似てるでしょ」

「え？　ああ……そういやそうだな」

「何それ、今頃気づいたの？」

どんだけ見惚れてんだ、馬鹿《ばか》。私は大翔の分厚い胸をもう一回小突いてやって、拗《す》ねるように寄り添った。

日に焼けた肌から漂う、香ばしい中に汗の酸《す》っぱさの混じった、同い年の男の子の匂《にお》い。好きでも嫌いでもないけれど、あーちゃんからは全然違う匂いがする。どことなく甘くて、胸の奥に溜まるようなふしぎな香り。その匂いを嗅《か》ぐと、皆クラクラして、抱きしめたくなるに違いない。だって私がそうなんだから。

「お前の彼氏って、案外フッーだなあ」

大翔が帰った後、リビングのソファでテレビを見ていたあーちゃんが声をかけてくる。デニムの甚兵衛《じんべえ》なんか着て、だらしなく脚を投げ出して、せっかくの美青年が台無し。こういう自分の美貌に無頓着なところも可愛い。

「何よ、案外フッーって」

「もっとゴリラみたいなの連れてくるかと思ってた」

「ひどーい。一体どういうイメージ？　私」

むくれた顔をして、あーちゃんの体に抱きつく。他の女には許されない、妹の特権だ。

「大翔、確かに普通だけど、あれでも結構モテるんだよ。サッカー部でフォワードだもん」

「この季節って野球の方が人気出んじゃゃねえの」

「うちの野球部弱いから、あんまり話題にもなんないよ。甲子園とかどこの国の話？　って感じだし」

へえ、と生返事のあーちゃん。スポーツに全然興味ないって知ってるけど、そういうのすぐ態度に出しちゃうのってどうかと思う。でもそれも家族に対する気安さだと思うと、ちょっと嬉《うれ》しくなっちゃうくらいだから、救われない。

「美月の初めての彼氏だよな？」

「うん、そう」

「どっちから告白したの」

「あっち。同じクラスだし、喋《しゃべ》ってて楽しいからだって」

「へ？　そういう理由で、女好きになるんだ。まあでも、言わないだけで顔だよな」

「それって偏見だよ。あーちゃんが面食いなだけでしょ」

「お前だって他人の外見に厳しいじゃん」

それは間違いなくあーちゃんのせいだ。近くにこんな魅力的な異性がいたら、そりゃ他の男に対しても厳しくなる。

私はあーちゃんと顔の造作的には似ているけれど、どうしてこんなに違うように見えるのだろうと思うくらい、印象は異なっている。それは私がそう思っているだけじゃなくて、周りからもよく言われることだ。「よく見ると似てるんだね」なんて言われるくらい、パッと見はそう感じないらしい。

「外見に厳しくても別に美形に惚《ほ》れるわけじゃないよ、私。大体顔のいい男って皆ナルシストじゃない？」

「俺はそうじゃないぞ」

「うん、あーちゃんはナルシじゃないけど、そういう自分は綺麗ってわかってるとこはなんか腹立つよね」

「じゃあ結局、美月はあいつのどこがいいわけ。やっぱフォワードだからか」

私は少し考えた。正直、サッカーにそこまで興味があるわけじゃないし、容姿も取り立てて好みじゃない。気は合うし話もするのも楽だし、友人としては申し分ない大翔だけど、なぜ恋人なのかと言われればこう答えるしかなかった。

「フツーなとこ」

「ええ……マジで？」

「うん。普通がいいの。何かこだわりあったり、特別抜きん出たところがあると、面倒くさいじゃん」

「そうかなあ……つまんなくねえか、普通って」

あーちゃんは納得いかない顔をしている。オヤジみたいな格好なのに、可愛《かわい》い唇《くちびる》を尖《とが》らせて、腕組みをして小首を傾《かし》げたりすると、それだけで変に甘い空気が漂って、見ているこっちはドキドキする。

「そりゃ、あーちゃんはそうかもしれないけど、私は平凡な人がいい。変人はお兄ちゃんとあーちゃんで十分よ」

「悪かったなあ、変人で。ってか、アニキと一緒にすんなって」

「お兄ちゃんの方がまだマシ。あーちゃんなんか変人中の変人じゃん。自分だけじゃなくて、いっつも変な人引き寄せちゃうし」

そう。あーちゃんは誰でも魅了してしまうものだから、時々すごく困った人がくっついてくることもある。家の前で待ち伏せしていたり、ポストに怪文書が入っていたり。誘拐未遂なんて片手じゃ足りないくらいの数があって、有名税で散々嫌な目に遭《あ》っているお父さんですら、息子の受難の多さには呆《あき》れてた。

(あ……嫌なこと思い出した)

あれはいつ頃のことだっただろうか。あーちゃんが高校生だから、私はまだ小学生のとき。蕾《つぼみ》が開いたばかりのみずみずしい香りを漂わせたこの兄は、また少しばかり厄介《やっかい》な人を釣り上げてしまっていた。

「ねえ、君、夏川《なつかわ》君の妹なんだろ」

初夏の陽気の眩《まぶ》しい日だった。どこで調べたのか、下校途中の私を人気のない住宅街で捕まえて、男はそう話しかけてきたのだ。

プロレスラーみたい、とそのいかにも頑丈そうな体格を見て思いつつ、制服から兄と同じ高校の生徒だということはわかったけれど、正直こんな調子で話しかけられた場合、(ああ、またあーちゃんにしつこくしている人なんだな)としか思わず、私は無視するか否定をするか逃げ出すかの三段階の選択をすることに決めていた。

「ね、ちょっと聞きたいことがあるんだ。ちょっとだけでいいから」

無視を決め込んでも話しかけてくる。知らない人に話しかけられたら逃げましょうという教育を受けている昨今の児童たちにこの行動はいただけない。馬鹿だなあと思いつつ、私はこの時点で早々に逃げることを選択する。

　けれどスタートダッシュを決める前に、男に手を摑《つか》まれた。逃げるの選択肢は使えなくなったので、否定のカードを切る。その後に妙なことをされたら、後はもう奥の手の絶叫及び大暴れしかない。

「違います」

「え？　何が」

「私、その人じゃありません。人違いです。離してください」

　男はふしぎそうな顔をして私を見た。

「間違いなんかじゃないだろ。だって君、顔が似てるじゃん」

「そんなことないです」

「似てるよ。雰囲気は違うけど、顔立ちはよく似てる」

　意図《いと》してかそうでないのか、彼は少しだけ、私の心をくすぐった。そう、私とあーちゃんの顔は似ているのだ。そのことだけが、平凡な私の中でただひとつの誇りだった。

「……何なんですか。用事あるんで、早くしてください」

　私はちょっとだけ話を聞いてやるよ、という態度を見せた。

　すると男は目を輝かせて喜び、ありがとうと叫んで私を女神様のように拝《おが》む。高校生にもなって小学生の女の子にへりくだっているのがなんだか笑える。私は一瞬の優越感に浸《ひた》るものの、すぐに警戒心を取り戻す。

「お兄ちゃん、家に彼女とか連れてきたことあるの」

「いえ、別に。友達は時々」

「その友達って、いつも同じ奴《やつ》？」

「違うと思いますけど……いちいち覚えてないです」

嘘《うそ》。本当は全員覚えてる。あーちゃんはいつだって違う男の人を連れてくる。大体、背が小さくて可愛い子。その人たちが、友達なんかじゃないことも知ってる。

「じゃ、特定の相手はいないのかな。いや、でも、本当に友達かもしれない。特別な奴とは外で会っているのかも」

男は私を放って自分の考えに没頭《ぼっとう》し始める。変な人だと思うものの、その真剣な表情に私は思わず同情してしまう。

(この人、本当にあーちゃんに恋しちゃってるんだ。苦しいよね、わかる。どうしたって叶《かな》わないんだもんね)

可哀想《かわいそう》。でも仕方がない。他にもそんな人たちはたくさんいるんだから。そして、兄の好みを知っている私には、この男には絶望的なほどにチャンスがないこともよくわかっていた。

男はいつの間にか私の手を離していて、逃げるなら今なのだけど、変にシンパシーを感じてしまった私は何となく男をそのままにしておけない気がして、その場に留《とど》まっていた。

体格からして柔道部かその辺りだと思うけれど、顔は大きく崩れもせず案外整っていて、普通にしていればそこそこモテそうなのに、兄のせいで人生おかしくされてしまうのも忍びない。私がこんな風に思ってしまったのは、男がかなり追い詰められて心をすり減らした顔をしていたからだろうか。

「あの、でも、ちゃんと好きな人はいると思います」

男はぽかんとした顔をして私を見下ろす。やや間があって、ようやく私の言葉を理解した様子で頬《ほお》を歪《ゆが》ませる。

「どうしてわかるの」

「恋人がいるのは知ってます。ずっと付き合ってる人みたいです」

だから諦《あきら》めなよ。早々に見切りをつけて他の人を好きになりなよ。

これは私なりの男への優しさで、別に傷つけようとしたわけじゃなかった。それに、完全な嘘というわけでもないと思う。兄から直接聞いたことはないものの、恋人らしき存在は途切れたことがないはずだ。それが同一人物か違う人物かに違いはさほどない。男には永遠にそんな機会など巡ってこないのだから。

「そんなはずないよ。だって夏川君は俺のことが好きなんだから」

え、と声を出したきり、私は何も言えなくなる。

「俺を見て微笑《ほほえ》んだんだ。目が合うといつも笑ってくれる。そう、目が合うんだよ。これって彼がいつも俺を見てくれているってことじゃないか。部活も学年も違うのに、こんなに視線が交わるのは俺達が相思相愛だからだよ」

男は夢見るような目をして遠くを見つめている。幼い自分でも、男の完全な妄想なのだとわかった。それを真実と思い込んでいるので、何を言っても聞こえないだろう。

男は「そんなはずない、そんなはずない」とブツブツ呟《つぶや》きながらどこかへ行ってしまった。私は少し心配になったけれど、これ以上できることもないので、気になりつつもそのまま帰宅した。

私が自分のやり方が間違っていたことを知ったのは、その翌日のことだ。

「あー、ひどい目にあった」

ぼやきながら帰宅した兄は首にタオルを巻いている。私は本を読みながらクッキーをミルクティーに浸して食べていた。リビングに入ってきたあーちゃんを振り向いてその細首を見て、嫌な予感に胸がざわついた。

真夏でもないのだからわざわざタオルを巻く必要もない。必要があるとすれば、首にある何かを隠そうとしているからだ。

「首、どうしたの、あーちゃん」

　思わずそう問いかけると、あーちゃんは「お、さすがに目ざといな」なんて言いながら笑っている。

「なんかさ、絞《し》められたんだよ。怪獣みてえな変な奴に」

　あいつだ、とすぐにわかり、私はドキリとする。

「何それ。知ってる人？」

「全然。話したこともねえのにいきなり裏切り者、とか何とか言って。すぐに先生が飛んで来て助かったけど、誰もいなかったら、俺絞め殺されてたんじゃねえかなあ」

「だ、大丈夫《だいじょうぶ》なの」

「うん、もうへーき。しばらく腕《うで》っ節《ぶし》の強い奴に一緒にいてもらうようにするわ。あ、アニキには言うなよ？　絶対ヤバいことになるからさ。一応、親にも内緒な」

　平気なはずはない。ただそれだけ、似たような修羅場《しゅらば》をくぐってきているのだろう。首を絞められても平然としていられる兄の姿に、私は正直ショックを受けた。受難慣れしているにもほどがある。

「あーちゃん」

　私はたまらなくなって、走り寄って抱きついた。あーちゃんは何と思ったのか、「大丈夫だよ、ほら、俺生きてるだろ」と言って笑いながら私の頭を撫《な》でた。

少しずれたタオルの奥から、薄いけれど、痣《あざ》のようなうっ血した指の跡が見えた。本当は「ごめんなさい」と何度も謝りたかったけれど、それすら口にできないほど動揺していて、私はただ兄にしがみついて泣いていた。

あーちゃんに申し訳なくて、自分の中途半端な子どもの同情からの軽率な行動が許せなくて、それからは二度と、兄のことを訊《たず》ねてくる怪しい人物と言葉を交わすことはなくなった。

私はどうやったら自分なりにあーちゃんを守れるのだろうと考えに考えて、常に兄の身辺を警戒するようになった。普段の生活に少しでも変わったところがあれば様子を訊ねたし、必要とあらば不在中に部屋を探っておかしな兆候《ちょうこう》がないかを確認した。不安の種が見つかればどんな手段を使ってでもことを事前に防げるように対処したし、害のある人物を見つければ、調べ上げてあらゆる方法で兄から遠ざけようとした。

自分でも上の兄とやっていることが変わらないのはわかっているけれど、一度自分の不手際のせいで危険な目にあわせてしまっているので、このくらいはしないと安心できない。

あーちゃんは根がお気楽だから、妹がこんな風に細かくチェックしていることにも気づいていないだろうし、それほど執着されているのもわかっていないだろう。何しろもっと大きな声で愛を叫び露骨《ろこつ》にガードしてくる暑苦しい存在が同じ家にいるのだし、こちらが裏でコソコソやっていることに目が行かないのも当然だ。むしろ私はそれを利用して陰ながらに兄を守ろうとした。

　まだ小学生だった私にそんな意識が芽生えたのは、あの男の失敗体験からだ。

　私はあーちゃんに幸せになって欲しい。楽しそうに笑っていて欲しい。それだけが自分の望みなのだと、気づかされた事件だった。

「普通の人ねえ」

　私が過去の嫌な記憶に思いを馳せている間に、あーちゃんは私の彼氏について考えを巡らせていたらしい。

「そもそも、普通って何だ？」

「え、そこからなの」

「俺からしたらつまんねえ奴が普通っていう認識なんだけど」

「何それ、普通ってどんだけあーちゃんの中で立場低いのよ」

「だってそういうことじゃねえの。要するに何でも平均的って奴だろ？　取り立てて悪くもないよくもない、特徴のない奴。そういうのつまんねえ以外に何て言うんだよ」

　あーちゃんは大きな目を潤《うる》ませて私を見ている。いや、潤ませているんじゃなくて、常にこういう目なんだ、この人は。

　今思えば、あの男の言っていたことだってあながち彼の妄想だけじゃないのかもしれない。確かに、自分を熱い眼差《まなざ》しで見つめていると思ってしまうほど、あーちゃんは普段から人を誘惑するような目をしている。目の色は普通の日本人と変わらない暗い茶色のはずなのに、どこかふしぎな色彩が揺らめく瞬間があって、思わず見入ってしまう。そうして、気づくと長いことその瞳を凝視する羽目になるのだ。

目だけじゃなくて、その唇も、肌も、髪も、体も同様に、あらゆる場所にこの人は罠《わな》を仕込んでいる。そして、その仕草で、言葉で、更に落とす。すべて自分自身が意識していないことなのが受難の元だった。せめて自分が誘惑の塊なのだとわかっていれば、どうにかなるのかもしれない。けれど、この兄にはその自覚というものが致命的に欠けていた。

「普通って、あーちゃんの絵で言えばまだ真っ白な紙ってことだよ。白じゃなくても、何の模様もない紙」

「ふうん。自分でその上に好きなように絵が描けるってこと?」

「そういうこと。理想の人と恋愛なんか絶対できないんだから、せめてそういう相手なら自分の中でどうにでもできるじゃない」

あーちゃんは呆れた顔で「お前、それかなりひどくねえ?」と言って笑った。

そう、私はひどい奴。でもあーちゃんはもっとひどい奴。

色んな人の心を掻き乱して、虜にして、それなのに何の見返りも与えてくれない。

私は最近、どうしてこの兄がここまで人の心を摑《つか》んでしまうのかを考えるようになった。容姿がいいのはもちろんだけれど、それなら顔の似ている私もそうなるはずで、違うのはやっぱり他の部分が他人をひどく惹《ひ》きつけてしまうからだ。

まるで、それぞれの人の理想をそのままその身に映してしまうような力があるのかもしれない。そうじゃなければ、こんなにも多くの、それぞれ違う好みがあるはずの人たちを引き込んでしまうはずがないのだ。

あーちゃん自身が変形しているわけではないから、周りからそう見える何かを、この人は持っているに違いなかった。

だから、あーちゃんは私の理想もそのまま映している。

彼は水のような人。ただそこにいるだけで、目の前のものを映す。

大概魅了してしまうのは男性で、女の私が例外的に兄をここまで好いてしまうのは、妹だからということが影響しているのだろうか。

「それにしても、美月に彼氏かあ。大きくなったよなあ」

「何オヤジみたいなこと言ってんの」

年寄りじみた言葉に思わず笑う。ちょっとでも嫉妬してくれるかと思ったら、妙に感慨深くなってしまったらしい。

「だってお前の印象って、俺的にはまだ赤ちゃんだもん。おむつして真っ赤な顔でギャーギャー泣いてる奴」

「昔過ぎるでしょ！　もうちょっと成長させてよ」

「しょうがないだろ。美月が生まれたとき、俺もう六歳だもん。いきなり妹出てきてさ。インパクトでか過ぎだよ」

「それなら、お兄ちゃんにとってもあーちゃんはまだ赤ちゃんだね。だからあんなに過保護なのかなあ」

　あーちゃんはうげ、と呻《うめ》いて顔をしかめる。見事なブーメランにかなりのダメージを喰らったらしい。その表情に、私は思わず笑い転げた。

　こんな何気ない会話ですら、私にとっては宝物。家族の中でこれだけ砕《くだ》けた口調で会話できるのも、あーちゃんにとっては私だけだと思っている。顔も性格も似ているし、私がこの人の一番の理解者なんだと自負《じふ》していた。何より、本人にすら言えない彼の秘密を、私は知っていたから。

　あーちゃんが家を出て行く、前の年の話。

あとがき

こんにちは。丸木文華《まるきぶんげ》です。

フェロモン探偵シリーズもお陰様で四冊目になりました。ありがとうございます。

今作は前作の入り組んでいた事件とは違い、依頼そのものは単純なものでしたが、映《あきら》の因縁《いんねん》の人物が登場したり、妹も初お目見えということで、ストーリーが少し前に進んだ話になったかなと思います。

そう、妹の美月《みつき》は名前も初登場だったのですよね。映には兄の他に妹がいると最初から書いていながら、ようやく名前が出てきたのが本人登場の四冊目というのがふしぎな気がします。両親は番外編でチラッと出てきたので、美月だけステルスだったんですね。

他にも名前だけ出てまだ登場していないキャラクターもいるので、追い追いお披露目《ひろめ》できたらと思います。

映のトラウマでありながら今回はサラッと出てきただけの彼も、今後また出てくるので、そのときはまた違う彼の一面を描きたいです。本当は彼のことを今作でももうちょっと書くつもりだったのですが、ラスボス感がすごくてここでシリーズが終わってしまいそうになったので、顔だけ出して終了になりました（笑）。

これまで名前も姿も明確でなかったのに、影のように常に映に纏《まと》わりつく形で作品中を漂っていた怪談めいた存在だったので、ようやく本体が出せて謎の達成感があります。

優奈《ゆうな》のイメージは、ミス・ユニバースに出てきそうなアジア人女性の雰囲気です。国内での美人の型とはちょっと違いますが、私はあの感じがかなり好きなんです。まだ挿絵を見ていないのですけれど、相葉《あいば》先生のセクシーな絵でぜひ見てみたい……挿絵指定されてたかな？

次作はちょっと今までと毛色の違ったものになりそうです。硝煙の香り漂うノワール的な……雪也《ゆきや》と龍二《りゅうじ》が活躍しそうかな？　映も意外な形で事件に貢献できそうなお話になると思います。主役にもかかわらず最近役立たず感がすごかったので（最初からかも）、もうちょっといいところを出してあげられたらと思うのですが……どうなるでしょうか。

ところでこれまで散々変態的行為をさせたつもりになっていたのですけれど、意外にも猫耳等の露骨なコスプレは初めてだったのですよね。学生服は着てましたが。ハメ撮り的なプレイも意外に初めてでした。まだまだやらせていなかったことがあると気づいたので、また色々とバリエーションを増やしていきたいと思います。映の受難は続く。

最後に、この本を手に取ってくださった皆様、いつも色っぽい魅力的な挿絵を描いてくださる相葉先生、丁寧な仕事をしてくださる担当のI様、本当にありがとうございます。

またどこかでご縁がありますことを祈っております。

『恋人の秘密探ってみました　～フェロモン探偵またもや受難の日々～』、いかがでしたか？
丸木文華《まるきぶんげ》先生、イラストの相葉《あいば》キョウコ先生への、みなさまのお便りをお待ちしております。

丸木文華先生のファンレターのあて先
〒112-8001　東京都文京区音羽２－12－21　講談社　文芸第三出版部「丸木文華先生」係

相葉キョウコ先生のファンレターのあて先
〒112-8001　東京都文京区音羽２－12－21　講談社　文芸第三出版部「相葉キョウコ先生」係

N.D.C.913　250p　15cm

丸木文華（まるき・ぶんげ）
6月23日生まれ。B型。
一年に一回は海外旅行に行きたいです。

講談社X文庫

white heart

恋人《こいびと》の秘密《ひみつ》探《さぐ》ってみました　~フェロモン探偵《たんてい》またもや受難《じゅなん》の日々《ひび》~

丸《まる》木《き》文《ぶん》華《げ》

●

2017年11月1日　第1刷発行

定価はカバーに表示してあります。

発行者――鈴木　哲
発行所――株式会社　講談社
東京都文京区音羽2-12-21 〒112-8001
電話　編集　03-5395-3507
販売　03-5395-5817
業務　03-5395-3615
本文印刷ー豊国印刷株式会社
製本――株式会社国宝社
カバー印刷ー半七写真印刷工業株式会社
本文データ制作ー講談社デジタル製作
デザインー山口　馨

ISBN978-4-06-286968-3

講談社X文庫ホワイトハート・大好評発売中！

ブライト・プリズン
学園の禁じられた蜜事
犬飼のの
絵／彩

愛と憎しみの学園迷宮。龍神の寵を受けて神子に選ばれた薔は、その事実を隠して陰神子として生きる道を選ぶ。恋人の常盤と過ごせる儀式の夜を心待ちにするが、謀略により追い詰められ!?

ブライト・プリズン
学園の穢れた純情
犬飼のの
絵／彩

一生切れない絆を、貴方と結びたいから。教祖命令の屈辱的なテストを辛くもクリアした薔と常盤を、さらなる危機が襲う。窮地に立つ二人は、無理やり引き裂かれてしまうのか——？　大人気学園BLシリーズ第3弾。

ブライト・プリズン
学園を追われた徒花《あだばな》
犬飼のの
絵／彩

どうか、大切なこの人を守ってください。降龍殿での事故後、薔はストレスによって声を失って入院していた。一方、教団本部にいる常盤は、冷遇されている元陰神子・紫苑に同情を寄せたことから思わぬ窮地に陥って!?

ブライト・プリズン
学園の薔薇は蜜に濡れる
犬飼のの
絵／彩

ついに薔の出生の秘密が明らかに！　薔の献身により常盤は奇跡的に回復し、学園に戻ってくる。薔薇の香る屋上庭園で常盤と結ばれ、蜜月の日々を送る薔だったが、驚愕の事実を知ることになり……。

ブライト・プリズン
学園に忍び寄る影
犬飼のの
絵／彩

教祖候補の新たな登場で、薔に危機が迫る！　華やかな文化祭で賑わう私立王鱗学園では、薔たちに新たな災厄が降りかかろうとしていた。陰神子の存在を教団に隠すため、常盤が下した決断とは……。

講談社X文庫ホワイトハート・大好評発売中！

VIP 絆
高岡ミズミ
絵／佐々成美

久遠と和孝、ふたりの絆は……!? 高級会員制クラブBMのマネージャー和孝は、不動清和会の若頭・久遠の唯一の恋人だ。久遠に恨みを持つ男の下へ乗り込んだ和孝だったが、そこで待っていたものは!?

VIP 蜜
高岡ミズミ
絵／佐々成美

久遠が結婚!? そのとき和孝は……。高級会員制クラブBMのマネージャー和孝は、不動清和会の若頭・久遠の唯一の恋人だ。ある日、和孝の耳に久遠が結婚するという話が聞こえてきたのだが……!?

VIP 情動
高岡ミズミ
絵／佐々成美

極上の男たちの恋、再び！ 高級会員制クラブのマネージャー柚木和孝は、冴島診療所の居候になり、花嫁修業のような毎日だ。一方、恋人である暴力団幹部の久遠には跡目争いの話が!?

VIP 聖域
高岡ミズミ
絵／佐々成美

俺は……あんたのものじゃないのか？ 選ばれた者だけが集うことを許される高級会員制クラブBLUE MOONのマネージャー柚木和孝の恋人は、不動清和会幹部の久遠彰允だが、跡目争いに巻き込まれ!?

VIP 残月
高岡ミズミ
絵／佐々成美

あんたは、俺のどこがいいわけ？ 高級会員制クラブBLUE MOONのマネージャー柚木和孝の恋人は不動清和会幹部の久遠だ。幾つもの試練を乗り越えたふたりが辿り着いた愛の形とは!?